KB064093

미래 변호사 이난영

안전가옥 쇼-트 27

권유수 경장편

인간 변호사와
AI 사무장

이제야 마음이 한결 편안했다. 오래된 오디오에서는 구성진 트로트가 흘러나왔고, 낡은 드럼통 테이블 위에는 싸구려 플라스틱 접시와 소주잔이 놓여 있었다. 덕지덕지 기름때가 낀 바닥, 벽면에 붙은 손으로 쓴 메뉴판까지, 난영은 이 정겨운 풍경이 반가웠다.

'마산집'이라는 낡은 간판이 매달린 허름한 대폿집. 20여 년 전쯤, 그러니까 난영의 학창 시절만 해도 전국 각지에는 이런 가게가 꽤 남아 있었다. 서울 도심에도 골목 사이로 조금 더 들어가면, 온갖 지역명을 단 노포가 간간이 눈에 띄곤 했다. 그러나 이제 이런 가게는 전국에 몇 군데 남지 않았다. 무섭게 변해 가는 세상은 이런 구식 술집을 허락하지 않았다.

난영은 부디 이곳 마산집만큼은 오래도록 버텨 주길 바라며 소주를 들이켰다. 그때였다. 고즈넉한 가게에 마 여사의 쩌렁쩌렁한 목소리가 울려 퍼졌다.

인간 변호사와 AI 사무장

"하, 참나! 내 아들이 사람을 지기뿐 것도 아니고, 고작 기계 아이가?"

마산집의 주인 할머니 마 여사는 앞치마에 손을 닦으며 대뜸 소리부터 질렀다. 갑작스러운 고성에 놀란 난영과 손님들의 고개가 돌아갔다. 난영은 돌아가신 할머니를 떠올리게 하는 마 여사의 친근한 말투를 좋아했지만 이렇게 성질을 부리는 모습마저 사랑하는 건 아니었다.

마 여사는 난영과 손님들의 따가운 시선을 무시하며 드럼통 테이블에 앉았다. 맞은편에는 로펌 '안단테'에서 제공한 여성형 안드로이드 변호사가 평온한 얼굴로 마 여사를 바라보고 있었다.

"기계를 부쉈으니까 회사에서는 민사상의 손해배상 청구 소송을 제기한 겁니다. 만약 사람을 해한 것이었다면 아드님은 살인 혐의로 기소되었겠죠."

안드로이드 변호사는 호소력 있게 잘 조율된 목소리로 말을 이었다. 저도 모르게 마 여사와 안드로이드 변호사의 대화에 귀를 기울이던 난영은 금세 마 여사에게 무슨 문제가 생긴 것인지 알게 되었다.

얼마 전 한밤중에 대폿집에 들른 마 여사의 아들은 가게에 물건을 넣던 유통 회사의 안드로이드와 마주치게 되었다. 밤눈이 어두웠던 아들은 안드로이드를 도둑으로 오해해 격하게 구타했고, 이로 인해 안드로이드 본체가 심하게 훼손되자 유통 회사

가 마 여사의 아들을 상대로 손해배상 청구 소송을
제기한 것이었다.

"네, 맞습니다. 폭행에 대한 고의 또는 과실이 없
다는 걸 입증해 낸다면, 아드님 권성수 씨는 손해
배상책임을 지지 않아도 돼요."
"그려! 내 아들이 을매나 순하고 착한 놈인데….
일부러 그래 한 건 절대 아니여!"
"하지만 고의가 아니었음을 증명한대도 과실은
여전히 존재해요. 유통용 안드로이드는 수리가
어려울 정도로 망가졌으니까요."

마 여사는 그럼 이제 어떻게 하냐며, 안드로이드
변호사에게 해결책을 내놓으라 닦달했다. 안드로
이드 변호사는 다시 차분한 목소리로 '오상방위'와
'정당방위'의 차이에 대해 말하며 권성수 씨가 안드
로이드를 도둑으로 오해할 만한 정황이 충분하지
못하다고 설명했다. 친절한 안내에도 불구하고 마
여사는 점점 부아가 치밀었다.

"그래서 답이 없다는 기가? 걔들이 물어내란 배상
금이 얼만지 아나? 이 가게 반년 치 월세라꼬! 니
는 그게 말이 된다고 생각하나? 잉?!"

마 여사는 억울함을 호소하다 못해 고래고래 소
리를 지르기 시작했다. 몇 안 되던 손님들은 마 여사
의 목소리가 더 높아지자 불편한지 슬금슬금 자리
를 피하기 시작했다. 그때 돌연 구석진 자리에서 천

둥 같은 재채기 소리가 들렸다.

"에에춰!"

요란한 재채기 소리에 놀란 마 여사가 저도 모르게 소리가 난 방향을 돌아보자, 단골손님 난영의 모습이 보였다.

"오랜만에 술 한번 편하게 먹을라 캤고마, 에취! 재수 옴 붙었… 에헤춰!"

난영은 잔에 있던 소주를 원샷한 뒤, 쓰윽- 콧물을 훔치며 마 여사에게 다가갔다.

"할매! 말도 안 되는 억지 부리지 말고 고마해라. 이거이 다 자초한 일 아이가?"
"자초는 무슨! 염병, 내 아들은 잘못한 거 하나 읎다!"

마 여사는 울컥해서 반박했으나 난영은 여전히 마 여사를 싸늘하게 바라보고 있었다. 처음 보는 난영의 냉담한 눈빛에 기세 좋던 마 여사마저 흠칫 놀랐다.

"와? 내가 뭐 틀린 말 했나? 내 아들이 인간을 때려 직인 것도 아이고, 와 이라고 큰 배상금을…"

마 여사의 말이 끝나기도 전에, 난영은 마음에 담아 두었던 말을 쏟아 내기 시작했다. 요즘 세상에는 인간을 죽인 것만큼 중한 게 로봇을 망가뜨린 죄인 거 모르냐고, 왜 이렇게 문제가 생겼을 때만 인간과 안드로이드를 다르게 대우해 주길 바라느냐고, 그렇게 인간만 중요하다고 외쳐 댈 거면 정작 할매는 지금 왜 인간 변호사가 아닌 안드로이드 변호사와 상담을 하고 있냐며 조목조목 마 여사의 잘못을 지적했다. 어쩐지 사심이 듬뿍 담긴 것 같은 비난이었다.

주변 손님들의 시선이 느껴졌지만 난영은 개의치 않았다. 취기가 올라서인지 더욱 대범해진 난영은 더 큰 소리로 마 여사를 몰아붙이기 시작했다. 자신이 저쪽 구석에서 대화를 쭉 들었는데, 마 여사가 이 사건에서 정당방위를 주장하는 건 하등 쓸모없는 짓이니 그만 포기하라는 것이었다.

"유통용 안드로이드가 칼이라도 들고 있었답니꺼? 흉기 하나 없던 안드로이드를 도둑으로 오해할 만한 정당한 이유를 뭐라꼬 주장할 긴데예?"
"마 우리 아들은 그 노마가 칼을 든 줄 알았다 카더라!"
"그건 아드님 주장일 뿐이지 않십니꺼? 유통용 안드로이드한테는 흉기 하나 없었다는 게 사실인데, 그걸로 법정에서 우예 변호를 합니까?"

난영의 논리적인 반박에 마 여사는 한풀 꺾인 목소리로 중얼거렸다.

"그거야… 여 변호사가 알아서 맹글어 줘야재…."

그러자 난영은 대놓고 깔깔대며 마 여사의 대답을 비웃었다. 마 여사는 기분이 상한 듯 난영을 쏘아

인간 변호사와 AI 사무장

봤지만, 난영은 전혀 개의치 않는 것처럼 보였다.

"여 안드로이드가 할매 아들을 위해가 그런 고차
원적 변호를 할 수 있을 것 같십니꺼? 뭐 나라믄
가능할지 몰라도."
"니는 가능하다꼬? 닌 우리 아들 감옥 안 보낼 방
법을 알고 있단 기가?"

난영은 여유롭게 웃으며 마 여사에게 물었다. 예
전에도 가게에 도둑이 든 적이 있지 않느냐고. 마 여
사는 얼떨떨한 얼굴로 고개를 끄덕였다. 몇 년 전까
지만 해도 좀도둑 때문에 곤욕을 치렀다는 것이다.
난영이 반색하며 대답했다. 재판에서는 바로 그 점
을 어필해야 한다고.

"그 점을 어필해야 한다니, 그기 무슨 말이가? 좀
알아듣게 말을 해도고!"
"차암, 아직도 모르겠십니꺼? 그이까 지금 문제의
핵심은 그게 아이라꼬예. 이따구로 인간이나 안드
로이드나 구분할 수 없게끔 와꾸를 똑같이 만든
거! 그래가 아드님이 안드로이드하고 사람을 헷갈
릴 수밖에 없게 된 거! 그거이 문제의 핵심이다 이
거지예! 까놓고 말해가 이게 다 안드로이드 제조사
의 로비스트 때문 아입니꺼? 재판에선 요 거지 같
은 정경유착! 지랄 같은 입법을 문제 삼아야지예!"

그게 그렇게 되는 건가? 일리가 있다는 듯 마 여
사가 고개를 끄덕거렸다.

요새 재판이 국민들의 관음증을 충족해 주는 일종의 서커스처럼 전락했다는 건 누구나 아는 사실이었다. 국민 배심원들의 투표를 받는 데에는, 분노나 연민, 정의감 같은 즉자적인 감정을 자극하는 게 가장 쉬운 방법이었다. 마 여사 역시 그런 사실을 잘 알고 있었기에, 난영이 추천한 방법이 꽤 마음에 들었다.

　　"저 방법은 쓸 만하나?"

　　마 여사는 방금 난영이 말한 방법을 법정에서 쓸 수 있겠냐고 안드로이드 변호사에게 물었다.

　　"입법이 잘못되었다는 건 정당방위의 구성 요관과는 무관하니까 정당방위를 입증하는 근거로는 사용되기 어려울 것 같아요. 다만…."

　　안드로이드 변호사는 마치 사람처럼 생각이라도 하는 듯, 말을 멈추고 옆에 서 있는 난영을 빤히 바라봤다. 여성형 안드로이드의 관자놀이에 부착된 푸른빛 센서가 반짝였다.

　　"뭐라 카노? 이 문제는 정당방위가 아이라 안드로이드법에 근거해서 변론을 해야 된단 말이었다."
　　"안드로이드법이라면…."
　　"치아라. 너 같은 깡통이 뭘 알긋나?"

　　안드로이드 변호사가 마저 말을 마무리하기도 전에 난영이 말꼬리를 잘랐다. 한심하다는 듯 안드로

인간 변호사와 AI 사무장

이드 변호사를 위아래로 훑어보던 난영이 마 여사에게 얘기했다. 안단테에는 이런 프로보노[1] 사건을 전담하는 안드로이드 변호사가 따로 있다고, 그리고 프로보노 전담 안드로이드 변호사는 운용할 수 있는 데이터에 한계가 있기에 업데이트가 느리다는 것이었다.

"프로그램 업데이트가 다 돈 아입니꺼? 안단테 같은 대형 로펌은 돈 안 되는 이런 째깐한 사건에는 절대 투자 안 합니더. 이따위 깡통 로봇하고는 재판에 간대도 절대 이길 수 없다는 기지예."

"그면 인자 내 아들은 우야노…. 내가 배상금을 몬 내면 감옥에 들어가야 카는 거 아이가? 아이고…. 내는 비싼 안드로이드 변호사를 데려올 돈도 없꼬…."

"감옥은 안 갑니더. 과실로 인한 재물 손괴죄는 처벌 안 받십니더. 그라케도 민사상 손해배상책임은 지야겠지예?"

아들이 감옥에 갈 일은 없다는 말에 마 여사는 눈에 띄게 반색했다.

"감옥은 안 간다는 기재? 그라믄 거가 물어내라 카는 돈이 말도 안 되게 큰데 그건 우야노? 그걸 안 낼 방법은 없겠나?"

---

1) 변호사를 선임할 여유가 없는 사회적 약자, 소외 계층을 위해 무보수 법률 서비스를 제공하는 활동.

잔뜩 기대가 어린 눈으로 난영을 바라보는 마 여사. 그러나 난영은 싸늘한 얼굴로 고개를 가로저었다.

"내 보기에 민사재판에서 이길 가능성은 희박합니다."

"와! 와 몬 이기는데!"

"그거야 자업자득 아입니꺼? 인간 대신 AI를 택한 국회, 안드로이드를 지지하는 당에 투표한 할매 같은 사람들이 자초한 일이지예. 할매는 참말로 AI가 정치인들이 말한 것처럼 풍요로운 삶을 가져올 거 같십니꺼? 웃기는 소리 하지 마이소. 앞으로 인류는 티 안 나게 쪼매씩 불행해질 깁니다. 여 할매 아들처럼 억울하고 어이없게."

난영의 냉정한 일갈에 절망한 마 여사가 아예 얼굴을 손으로 가리고 꺼이꺼이 통곡하기 시작했다. 그때, 돌연 명함 한 장이 쓰윽- 마 여사의 눈앞으로 다가왔다. 거기엔 정직한 손 글씨로 이렇게 적혀 있었다.

'이난영 법률사무소 / 대표 인간 변호사 이난영'

난영이 울먹이는 마 여사에게 휴지를 내밀며 능청스럽게 미소 지었다.

"AI를 우애 믿고 일을 맡깁니꺼? 가슴이 꽉 맥힌 것 맹키로 답답할 땐 고마 저 인간 변호사 이난영! 지가 이따구로 생색만 내는 깡통 안드로이드와 책임감 있는 인간 변호사는 다르다는 거, 확실허게 보여 드리겠십니다!"

인간 변호사와 AI 사무장

*

괴로운 아침이었다. 난영은 비틀비틀 힘겨운 발걸음을 옮겼다. 숙취 때문에 머리는 깨질 듯이 아팠고 몸은 모래주머니라도 매단 듯 무거웠다. 기어이 술을 다시 입에 대고 만 자신이 원망스러웠다.

난영의 사무실은 종로구 외곽에 위치한 어느 허름한 상가 꼭대기에 있었다. 과거에는 이곳도 제법 큰 악기 상가가 모여 있는 번화가였다고 한다. 하지만 이제 여기는 가난의 냄새가 짙게 밴 슬럼가나 다름없었다. 낡은 건물에는 난영처럼 별 볼 일 없는 사람들이 운영하는 조잡한 업장이 다닥다닥 붙어 있었다.

난영은 복도 내벽에 붙여 놓은 '인간 변호사 이난영 법률사무소' 명패를 올려다봤다. 저 간판을 달기까지 얼마나 많은 우여곡절이 있었던가…. 새삼 울컥한 감정이 치미는 찰나, 돌연 생소한 냄새가 난영의 주의를 끌었다. 이게 무슨 냄새지? 사무실로 걸어갈수록 비릿한 냄새가 코끝을 찔렀다. 의아해하던 난영은 사무실 문 앞에서 흠칫 놀라 멈춰서고 말았다. 문 안쪽에서부터 요란한 장단 소리가 들려오고 있었다. 난영의 얼굴이 대번에 구겨졌다.

난영이 신경질적인 손길로 벌컥 문을 열어젖혔다. 예상이 맞았다. 난영은 문 앞에서 목에 식칼이 꽂혀 죽은 닭과 눈이 마주치고 말았다. 끔찍하게 죽은 닭 옆에는 시뻘건 무복에 짙은 스모키 화장을 한 박수무당이 칼춤을 추고 있었다. 무슨 일인지 알아볼 필요도 없었다. 사무실 가운데 차려진 제단 앞에는 난영의 모친 서미라가 넙죽 엎드려 기도를 드리고 있었으니까.

"이게 다 무슨 지랄이고! 엄마! 미친나?"

"쉿! 부정 타게 큰 소리 내지 말고 니도 퍼뜩 여 와가 기도 올리그라!"

"돌 빨았나? 기도는 무신!"

안 그래도 숙취 때문에 머리가 깨질 지경인데 이건 또 무슨 거지 같은 경우란 말인가? 난영은 버럭 신경질을 내며 칼춤을 추던 무당의 어깨를 잡아 돌려세웠다.

"누구 허락 맡고 남의 업장에서 이따위 개막장 짓이여?"

"어머 언니야, 지금 멈추면 신명님이 노하셔!"

다 늙어서 간드러진 애기 목소리를 내는 박수무당이 못마땅한 얼굴로 난영을 쳐다봤다. 서미라도 한창 마무리되어 가는 굿판을 훼방 놓는 딸이 달갑지 않았다.

"니는 이게 을마짜리 굿판인 줄은 아나? 다 니 좋으라 카는 긴데…."

억지로 엄마의 손에 붙잡혀 사무실 밖으로 끌려

인간 변호사와 AI 사무장

나온 난영은 어이가 없었다. 지금 화를 내야 할 사람
이 누군데, 엄마는 난영보다 더 역정을 냈다. 서미라
는 돈이 아까워서라도 절대 못 멈춘다고, 기도를 올
리지 않을 거면 제발 얌전히 기다리기라도 하라며
억지 훈계를 늘어놓았다. 그때 난영이 돌연 사색이
되어 서미라를 추궁하기 시작했다.

"엄마가 무신 돈이 있다꼬 이런 굿판을 벌이는데?
설마… 엄마 그 돈에 손댄 기가?"

그때까지 의기양양하던 서미라가 은근슬쩍 딸의
시선을 피하더니 갑자기 횡설수설 변명을 늘어놓기
시작했다. 저분이 얼마나 용한 무당인지 아냐고, 난
영이 그간 재수가 없었던 게 다 액운이 끼어서라며
묻지도 않은 말을 떠들어 댔다. 난영은 그대로 복도
에 주저앉아 눈물을 터뜨렸다.

"으허엉- 엄마 참말로 와 이러노! 내가 증말 제명
에 몬 산다! 진짜 그 돈이 어떤 돈인 줄 모르나?
딸내미 마지막 목숨줄이었다꼬!"

눈물, 콧물 범벅이 되어 바닥에 엎어져 엉엉 우는
딸을 보자 서미라도 약간은 양심의 가책을 느끼는
듯했다. 의기양양하던 기세가 팍 수그러든 서미라는
내심 미안한 얼굴로 딸의 등을 토닥이기 시작했다.

"참말이다. 이 굿만 하믄 앞으로 손님도 문전성시
를 이룰 기고, 우리 손녀딸 모래 아픈 것도 다 나
을 기라 카드라. 돈이야 또 벌믄 되는 기고."

"몇 달째 의뢰 하나가 안 들어오는데 돈을 우예 버노? 당장 다음 달 월세를 무당한테 갖다 바치면 우짜노? 입이 있으믄 대답을 해 봐라! 내는 인자 거리에 나앉게 생겼다꼬!"

"설마 산 입에 거미줄 치겠나? 손님이 계속 없으믄 뭐 어데 큰 회사에 취직이라도 하든가 해야 재…."

"아무도 내를 안 써 주니까, 전 재산 다 털어가 내 혼자 사무실 차린 거 아이가? 마 됐다, 내 저 무당 놈한테 내 돈 다 토해 내라 할 기다!"

난영이 버럭 성질을 내며 다 부숴 버리겠다고 사무실로 돌진하자 서미라는 온몸으로 딸을 막아섰다. 그래도 엄마인데 그냥 막 밀쳐 버릴 수도 없고, 난영은 그야말로 미칠 노릇이었다. 분을 못 이겨 씩씩대던 난영은 기어코 막말까지 내뱉고 말았다.

"엄마는 눈깔이고 대갈통이고 장식으로 달고 댕기나? 요즘 세상은 굿은 무슨 굿이고? 누가 미쳤다꼬 이딴 미신 짓거리에 돈을 쏟아붓냔 말이다! 제발 내 위한다꼬 쓸데없는 일 좀 벌이지 말고, 엄마 니 정신이나 똑띠기 붙잡고 살라꼬!"

그간 꾹꾹 참아 왔던 분노가 한 번에 터져 나왔다. 그러나 서미라 역시 잠자코 비난을 수용할 사람은 아니었다.

"요즘 세상에 인간 변호사를 하겠다는 니는? 니는

인간 변호사와 AI 사무장

그럼 제 정신이가?!"

엄마의 날카로운 일갈에 순간 난영은 말문이 턱 막혔다. 뭐라 반박을 하고 싶은데 쉽사리 입이 떨어지지 않았다. 그때였다. 갑자기 뒤에서 난영을 부르는 낯선 목소리가 들렸다.

"이난영 변호사님… 맞으시죠?"

동시에 뒤를 돌아본 난영과 서미라의 눈에 계단에 서 있는 말끔한 정장 차림의 중년 남자가 보였다.

"처음 뵙겠습니다. 저는 법무법인 안단테에서 나왔습니다."

빼질빼질한 인상의 남자는 자신을 법무법인 안단테의 송무팀 팀장이라고 소개했다.

"아우- 우째 귀하신 걸음을 이까정 하시고. 내 마 심장이 놀래가 오금이 달달달달 떨릴라 카네! 하하핫-"

좀 전까지 엄마에게 험한 말을 쏟아 내던 난영은 전혀 다른 사람이 되어 있었다. 싹싹하고 수더분한 모습으로 돌변해 사무실을 부산스럽게 오가며 주전자로 물을 끓이고, 찻잎을 옮겨 담고, 비스킷을 내왔다.

팀장은 흥미로운 얼굴로 바쁘게 움직이는 난영을 바라보았다. 머신이 아니라 주전자와 찻잎으로 차를 내리는 모습은 근 10년 만에 처음 보는 것 같았다.

사무실을 찾아오기 전 팀장은 난영에 대해 충분한 조사를 마쳤다. 이난영 변호사는 이미 알 사람은 모두 아는 유명한 테크노포비아였다. 그러니 요즘 세상에 인간 변호사를 하겠다면서 사무실까지 낸 것 아니겠는가? 하지만 들어서 아는 것과 직접 대면하는 건 차원이 달랐다.

　　사무실 곳곳에는 물건이 어지럽게 흩어져 있었다. 책장에는 수많은 종이책과 레코드판이 빼곡했고, 한쪽 구석에는 주전자를 올려놓을 수 있는 오방난로도 보였다. 그 외에도 몰스킨 노트와 만년필, 흉물스럽게 거대한 복사기와 안마의자에 필름 카메라까지…. 팀장의 눈에 비친 난영의 사무실은 그야말로 레트로 영화에 나올 법한 세트장 같았다.

　　"아, 명함도 못 드렸네요."

　　팀장은 난영을 향해 자신의 프레임을 내밀었다. 난영의 프레임으로 명함을 보내 주려는 의도였다. 난영은 팀장이 내민 프레임을 힐끗 쳐다보고는 어색하게 웃으며 자신의 구형 프레임을 꺼내 들었다. 수년 전 정부에서 신분증을 프레임으로 대체하기로 결정했을 때 전 국민에게 보급했던 초창기 모델이었다. 팀장은 난영의 낡은 프레임을 보고 흠칫 놀랐지만 티를 내지 않기 위해 애써 표정을 관리했다.

　　"저희 로펌에 입사 지원서를 내셨더라고요."
　　"예, 안단테 말고도 유명한 로펌에는 전부 지원했

인간 변호사와 AI 사무장

다 아입니꺼? 근디 서류에서 전부 탈락했십니다. 그런데 그건 와… 설마 고새 생각이 바뀐 깁니꺼? 와, 저하고 다시 면접이라도 볼라꼬예?"

난영의 기대감 어린 눈동자가 반짝이자 팀장은 저도 모르게 풉! 하고 마시던 차를 뿜어 버리고 말았다. 언감생심도 유분수지 주제 파악을 못 하는 모습을 보니 웃음이 터져 나왔다.

"하하하! 그럴 리가요. 저는 그저 이 모든 게 원한 때문이었나 묻고 싶었던 겁니다."

"원한이요? 그게 뭔 소립니까?"

난영은 기분 나쁘게 웃어 대는 팀장을 못마땅한 눈으로 쳐다봤다. 팀장은 난영이 기분이 상하든 말든 전혀 상관없어 보였다.

"저희 로펌에 입사를 거절당해서 앙심을 품고 유언비어를 퍼뜨린 것 아닙니까?"

난영은 어안이 벙벙했다. 유언비어라니? 저 재수 없는 남자는 갑자기 나타나서 이 무슨 봉창을 두들기는 소리란 말인가? 팀장은 의아해하는 난영을 향해 대뜸 다시 자신의 프레임을 들이밀었다.

"이난영 씨가 저희 로펌의 안드로이드 변호사를 모욕했잖습니까."

팀장의 프레임에서 뿜어져 나온 빛이 사무실 벽에 영상을 투영했다. 영상에는 전날 밤 대폿집의 풍경이 담겨 있었다. 난영이 마 여사와 안드로이드 변호사를 앞에 두고 신나게 떠들어 대는 모습이었다.

"여기 영상에 보이는 사람, 이난영 변호사 본인 맞으시죠? 이 변호사님 때문에 저희 안단테가 돈 안 되는 프로보노 사건에는 구형 안드로이드를 사용하다는 루머가 퍼지고 있습니다."

"이, 이 영상이 우짜고…. 그기 그날 지가 술이 과해가 실수를 쪼매 한 거 같은데…."

"실수든 뭐든 그건 중요한 게 아니고요."

돌연 얼굴을 싸늘하게 굳힌 팀장은 난영이 만들어 낸 루머로 인해 실추된 로펌의 명예와 신용도, 이에 따라 향후 예상되는 운영 이익의 감소가 심각하다고 얘기했다.

"아시겠지만 저희 신 대표님은 신세를 졌든, 피해를 입었든 꼭 배로 돌려줘야 직성이 풀리는 분이시거든요. 대표님께서 이난영 씨에게 손해배상 청구 소송뿐 아니라 허위사실 적시로 인한 명예 훼손 혐의로 형사 고소를 하시겠답니다. 자세한 내용은 여기, 파일로 보내 드리겠습니다."

"소… 송에 고소를 하겠다고요? 지한테예?"

팀장은 옅은 조소로 긍정의 대답을 대신했다. 당황한 난영은 자신의 프레임으로 건너온 자료를 보았다. 24시간도 채 지나지 않은 일인데, 인터넷에 공유된 지난밤 난영의 모습은 일종의 밈이 되어 큰

인간 변호사와 AI 사무장

화제를 불러일으키고 있었다. 영상을 본 사람들의 반응은 더 가관이었다.

'또라이 인간 변호사에게 당하는 구형 안드로이드'라는 제목 아래 자극적으로 편집된 영상은 근래에 보기 드문 구경거리가 되어 줬다. 팀장의 말대로 사람들은 난영의 주장을 재밌어하며 공감하고 있었다.

원래부터 안단테는 장사꾼이었다, 힘없는 사람이 의뢰한 프로보노 사건이라 구식 안드로이드 변호사를 보낸 게 분명하다, 믿고 거른다 등등 회사 입장에서 보면 충분히 심각한 문제라고 여길 반응들이었다.

"저희 입장은 충분히 밝힌 것 같으니 저는 이만 일어나겠습니다."

팀장이 자리에서 일어나려는 순간, 탁- 난영이 팀장의 어깨를 붙잡아 누르며 억지로 주저앉혔다. 팀장은 이게 무슨 무례한 짓이냐는 듯 난영을 노려봤다. 그러나 난영은 기죽기는커녕 더욱 당당해 보였다. 오히려 기이하게 번뜩이는 난영의 눈빛에 되레 팀장이 주춤할 지경이었다.

멀찍이서 두 사람의 대화를 지켜보던 서미라가 혼잣말처럼 중얼거렸다.

"저거 저거, 또 눈깔이 돌았고마."

엄마의 말처럼 반쯤 눈이 돈 난영은 팀장을 노려보며 날카롭게 말했다.

"똑똑하신 양반이 하나는 알고 둘은 와 모릅니까? 이게 자충수가 될 거란 걸, 참말로 모르겠십니꺼?"

"자충수요?"

"맞는 말한 죄밖에 없는 불쌍한 인간 변호사한테 소송에 고소까지 한 대형 로펌 안단테. 그쪽은 골리앗, 나는 다윗. 그라믄 지금보다 이미지가 더 나빠지지 않겠십니꺼?"

"무반응보다야 나을 거라고 보는데요. 이난영 씨를 이대로 내버려두면, 저 허위 주장을 인정하는 꼴이 되지 않겠습니까?"

노련한 팀장은 난영의 기세에 눌리지 않고 꿋꿋하게 응수했다. 그러나 난영은 이대로 물러설 수 없었다. 아침부터 엄마가 무당을 부르고 사고를 쳐서 얼마 안 되는 저축마저 날린 참이었다. 이렇게 소송에 고소까지 당한다면 그야말로 돌이킬 수 없는 수렁으로 떨어지게 될 게 자명했다.

난영은 살 떨리는 긴장감에 발끝까지 저려 왔지만, 애써 태연한 척 표정을 관리했다. 이럴 때일수록 더 대담하고 뻔뻔해져야 한다는 건 본능적으로 알고 있었다.

"지한테 더 좋은 방법이 있십니더. 저와 안단테 모두 만족할 만한."

난영의 제안에 팀장은 피식 웃으며 시계를 보고 재수 없는 톤으로 말했다.

인간 변호사와 AI 사무장

"짧게 말씀하시죠."

"길고 짧게 말하는 거이 내 자유고. 인자 그쪽한텐 더 할 말 없십니더. 안단테 대표님을 봬야겠십니더. 내 묘안은 직접 뵙고 알려 드리겠다 그리 전해 주이소."

팀장은 뭐 이런 미친 여자가 다 있나 싶은 얼굴이었다. 그런데 또 한편으로는 저렇게 자신만만한 걸 보면 정말 묘안이 있는 건가 하는 생각도 들었다. 난영의 계획이 제대로 먹힌 것이었다.

"당신은 의외로 강단이 있다니까?"

죽은 남편은 버릇처럼 난영을 칭찬했다. 그들이 신혼이었을 때만 해도 자율주행차를 모는 대신 직접 운전을 하는 사람이 남아 있었다. 난영도 가끔 운전대를 잡곤 했는데, 난폭한 상대 운전자에게 지지 않는 난영의 모습을 보며 남편은 대단하다는 듯 혀를 내둘렀다.

난영은 평소에는 조용하고 차분한 편이었지만, 여행지에서 물건 값을 흥정하거나 옆자리 사람과 시비가 붙었을 때는 다른 성격이 튀어나왔다. 별것도 아닌 순간마다 남편은 난영을 보며 감탄했다.

"자기는 정말 배짱이 대단해."

그럴 때면 난영은 피식 웃으며 시큰둥하게 대답하곤 했다.

"내는 스트리트 출신 아이가, 니하곤 이 레베루가 다르다꼬."

남편은 부유한 집안에서 많은 것을 누리며 성장했다. 반면 난영은 조모의 손에서 어렵게 자랐다. 난영과 남편은 자라 온 환경 자체가 달랐다. 난영이 서울로 대학을 가서 법학을 공부하기까지는 어느 하나 쉬운 게 없었다. 난영에게는 그 모든 단계가 걸림돌이었고 서러움이었다.

"내가 너의 우산이 되어 주면 어떨까?"

스물둘 어린 나이에 난영은 남편을 만나 사랑에 빠졌고, 남편은 난영의 우산이 되어 주겠다며 프러포즈했다. 의지할 사람이 있다는 건 낯선 느낌이었지만 나쁘지 않았다. 따뜻했다. 물론 지금 그 우산은 갈기갈기 찢겨 나간 것이나 다름없지만.

반년 전 남편이 사고로 죽은 뒤, 난영의 인생은 송두리째 흔들렸다. 시댁에서는 맨몸이나 다름없는 상태로 내쫓겼고, 알코올의존증이 문제가 되어 시아버지에게 하나뿐인 딸 모래의 양육권마저 빼앗겼다.

대단한 시댁이 손을 쓴 덕분에 남편의 죽음에 대한 진상이 밝혀지기 전까지 난영이 개인적으로 운용할 수 있는 재산은 거의 없었다. 난영은 없는 돈을 긁어모아 법률사무소를 차렸으나, 남은 돈은 엄마가 무당에게 갖다 바친 상황이었다. 설상가상, 취기에 내뱉어 버린 진심 때문에 굴지의 로펌에 고소까

인간 변호사와 AI 사무장

지 당할 위기에 처했다. 로펌에게 고소를 당한다면 돈만 잃는 게 아니었다. 또다시 술을 입에 댔다는 사실이 알려지면 시아버지는 이때다 싶어 난영의 약점을 물고 늘어질 게 빤했다. 그럼 양육권을 되찾는 일은 영영 불가능한 꿈이 될지도 몰랐다.

난영은 남편의 우산 아래 잊고 살았던 생존 본능이 꿈틀꿈틀 되살아나는 것을 느꼈다. 이대로 무너질 수는 없었다. 반드시 인간 변호사로 성공해야만 했다. 홀로 딸을 키울 능력이 있음을 증명하고, 시아버지에게 빼앗긴 딸 모래를 되찾아 와야만 했다.

"회사에 골치 아픈 프로보노 사건이 하나 있다고 들었십니더. 그걸 지가 해결해 드리면 어떻겠십니꺼?"

법무법인 안단테의 신재하 대표는 무심한 얼굴로 맞은편에 앉아 있는 난영을 바라봤다.

요즘 세상에 인간의 몸으로 직접 변호사를 하겠다는 사람이 있다니, 솔직히 한번 구경이나 해 보자는 심산이었다. 재하는 난영이 나이 지긋한 노년의 변호사일 거라고 생각했었다. 왕년의 향수를 못 잊은 고리타분한 늙은이가 저 같은 테크노포비아를 고객 삼아 일을 벌이는 거라 오해했던 것이다. 그러나 자신을 찾아온 이 여자는 30대 중반, 아무리 많이 봐야 마흔이 채 안 되어 보였다. 듣던 대로 교정

할 생각조차 없어 보이는 억센 사투리며 행색이 촌
스럽긴 했다. 그러나 또랑또랑한 목소리와 총명하
게 빛나는 눈빛은 아주 인상적이었다.

"소송 대신 취업을 시켜 달란 겁니까? 생각보다
뻔뻔하네요."
"소 잃고 후회해 빨기 전에 지가 특별히 외양간
고칠 기회를 드리겠단 소립니다."
"거절한다면요?"
"어쩔 수 없지예. 멍청한 안드로이드 변호사들 위
에 멍청한 수장이 있는 거이, 뭐 자연스러운 이치
아이겠십니꺼?"

난영의 독설에 신재하 대표의 미간이 미세하게
구겨졌다. 옆자리에 앉은 팀장은 좌불안석이었다.
이대로 대표가 버럭 성질을 내진 않을지, '어떻게 저
런 여자를 내 앞까지 데려온 거냐'며 추궁하지는 않
을지 두려웠다. 그러나 이어진 재하의 발언은 예상
밖이었다.

"그쪽이 메모리 이레이징 서저리(memory erasing
surgery, 국지적 기억 소거 수술) 금지 가처분 재
판을 맡아 보고 싶단 말입니까?"
"야, 맞십니더. 돈도 안 되는 공익 사건에 신형 안
드로이드 변호사를 써 재끼긴 아깝고, 가뜩이나
내 때문에 이목 집중된 사건에 구형 안드로이드
변호사를 쓰기도 눈치 보인다 아입니까? 그니까

인간 변호사와 AI 사무장

내가 하겠다고요. 안단테에서 인간 변호사 이난영이를 채용하겠다! 뉴스 나가믄 로펌 홍보에도 도움이 되지 않겠십니꺼?"

신재하는 잠시 지그시 눈을 감고 생각을 하는 듯 하더니, 바로 호쾌하게 대답했다.

"좋습니다. 안드로이드 변호사는 못 믿겠다 호언장담하셨으니 그럼 어디 한번 직접 해결해 보시죠."

나이스! 난영은 속으로 쾌재를 불렀다. 도박이나 다름없었던 방법이 통하자 기쁨을 주체할 수 없었다.

감사하다고 연거푸 인사하는 난영과 의뭉스러운 미소를 짓는 재하 사이에 낀 팀장은 어안이 벙벙했다. 이게 그토록 쉽게 결정을 내릴 문제란 말인가? 가끔 기행을 일삼는 대표긴 했지만, 이렇게 바로 인간 변호사를 채용한다는 건 정말이지 파격적인 인사였다.

그때 재하가 팀장에게 말했다.

"C5를 데려왔으면 좋겠는데."

팀장은 여부가 있겠냐는 듯 재빨리 총총걸음으로 대표실을 나갔다.

재하는 다시 흥미로운 눈으로 난영을 바라봤다.

"물론 바로 이난영 변호사를 채용하는 건 무리입니다. 다만 이번께서 이 일만 잘 처리해 주신다면 계속 저희 로펌과 함께 일할 기회를 드리겠습니다."

"참말입니꺼? 그라믄 참말로 이거가 입사 테스트네예? 하하하!"

기쁨을 숨기지 못하는 난영의 솔직한 반응에 재하는 어이가 없다는 듯 웃었다.

"단, 저희 로펌과 일하시면 지금 같은 방식은 곤란합니다."

그때 똑똑- 노크 소리와 함께 팀장이 다시 대표실로 들어왔다. 이번엔 옆에 훤칠한 젊은 청년을 대동한 상태였다.

"저희는 이난영 변호사님이 더 원활하게 업무를 볼 수 있게 도와드리고 싶습니다."

재하가 팀장이 데려온 미남 청년을 돌아보자, 난영도 재하의 시선을 따라 고개를 돌렸다. 해사한 외모를 가진 청년은 외양만으로도 이미 강렬한 호감을 자아내고 있었다. 난영보다 훨씬 어려 보였는데, 어쩐지 낯설지가 않았다. 언제 이 잘생긴 청년을 만난 적이 있었던가? 난영은 이상하게도 옅은 미소를 띤 청년의 얼굴에서 눈을 뗄 수 없었다. 그때 재하가 난영에게 말했다.

"법률 보조 안드로이드 C5입니다."

"에헤취!"

청년이 안드로이드라는 걸 알게 되자마자 난영의

인간 변호사와 AI 사무장

심리적 알레르기가 도졌다. 계속 콜록대며 심하게 재채기를 하는 난영을 딱하다는 듯 바라보던 재하가 이어서 말했다.

"앞으로 사건은 여기 C5와 함께 진행해 주셔야 합니다."
"야? 이거랑 같이 일하라꼬예? 에헤취! 아, 죄송합니더."

순간 당황한 난영이 크게 재채기를 하자 그만 팀장의 얼굴 가득 침이 튀어 버렸다. 팀장이 얼굴을 닦으며 난영을 노려봤다. 난영은 미안한 듯 어색한 미소를 지었다. 재하가 아랑곳하지 않고 말을 이었다.

"안단테의 대표인 저나 우리 고객님들이나 마찬가지 심정일 겁니다. 요즘 세상에 어떻게 인간 변호사를 단독으로 믿고 사건을 위임할 수 있겠습니까? 일단 이번에는 C5와 함께해 주시죠. 이 사건만 잘 해결하시면 이난영 변호사님의 입사까지 적극적으로 고려해 보겠습니다. 만약 입사하신다면, 대한민국 로펌이 10년 만에 처음으로 인간 변호사를 고용하는 일이 되겠네요. 뉴스 좀 나갈 것 같은데, 어떻습니까? 수락하시겠습니까?"
"수락 아이믄 고손데 지한테 뭐 선택권이 있겠십니꺼? 에헤취! 함 지켜봐 주이소. 반드시 승소… 에취! …하겠십니더!"

재하는 흡족한 미소로 C5에게 담당할 사건은 충

분히 파악했는지 물었다. 미소 지으며 곁에 서 있던 C5가 처음으로 입을 열었다. 그러나 그는 듣기 좋은 달콤한 목소리로 불운한 소식을 전했다.

"메모리 이레이징 서저리 가처분 재판은 승소 확률이 10%도 채 되지 않습니다."

난영은 산통 깨는 소리를 하고 있는 C5를 노려봤다. 반면 재하는 그러니까 둘이 한번 합심해서 잘해 보라고 격려했다. 마치 남의 일이라는 듯 여유로운 태도였다. 그러나 난영은 절대 여유로울 수 없었다. 승소 확률이 10%도 되지 않는 사건이라니, 내심 두렵기도 했지만 한편으로는 기대가 되기도 했다.

남편의 말이 맞았다. 난영은 배짱 있는 여자였다. 지금 이것은 절대 놓칠 수 없는 전화위복의 기회였다. 본능적으로 기회를 잡아챈 승부사 난영의 눈이 반짝였다. 그것은 설렘과 두려움이 반쯤 섞인 달뜬 눈빛이었다.

촌스러운
테크노포비아

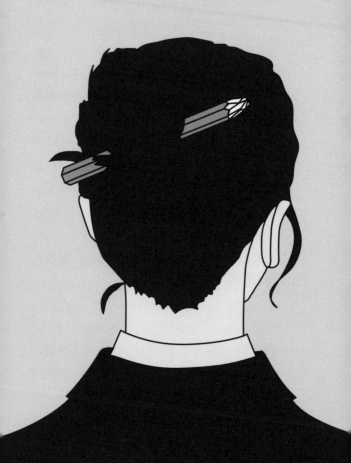

기분 좋은 아침이었다. 난영은 냄비에서 삶은 땅콩을 꺼냈다. 딸이 제일 좋아하던 간식이었다. 맛있게 먹어 줄 딸 모래를 생각하며 난영은 부지런히 땅콩에 부채질을 했다.

　딸과 얼굴을 마주하는 것은 거의 1년 만 이었다. 지금이나마 다시 딸을 볼 수 있게 된 건 모두 안단테에서 받은 착수금 덕분이었다.

　난영의 면접교섭권을 제한한 법원에서는 난영이 다시 모래의 얼굴을 보기 위해서는 알코올의존증 재활 치료 프로그램을 이수해야만 한다고 했다. 그러나 남편의 죽음 이후 시댁에서 거의 빈털터리로 쫓겨난 난영은 값비싼 치료비를 부담할 여력이 되지 않았다. 그래서 오랫동안 모래를 프레임을 통해서 만날 수밖에 없었다. 아픈 딸을 곁에 두고도 만나러 갈 수 없다니 고문이나 다름없는 일이었다. 그러나 이제는 당당히 딸의 얼굴을 볼 수 있다. 안단테에서 받은 착수금으로 밀린 재활치료비를 모두 계산할 수 있었기 때문이다.

촌스러운 테크노포비아

"엄마다. 문디 가스나야, 내 알아보겠나?"

"뭐래. 엄마도 못 알아보면 죽어야지."

시니컬한 말투와 다르게 모래는 오랜만에 만난 엄마를 반가워하는 기색이 역력했다. 그러나 난영의 눈에 비친 딸은 마지막으로 만났던 1년 전보다 상태가 나빠졌는지 병색이 완연했다. 모래는 재활 치료 잘 받고 있냐고, 요새는 어디서 지내냐며 되레 어른스럽게 난영을 걱정했다. 난영은 겨우 열다섯 살 주제에 제가 더 어른처럼 구는 속 깊은 딸을 보니 코끝이 찡했다.

"니 할배랑 지내는 건 괜안나? 그 괄괄한 성격 견디느라 힘들었재? 인자 내한테는 속 시원하게 털어놔도 된다."

오랜만에 만난 안쓰러운 딸에게 난영은 쌓아 두었던 걱정과 염려를 한껏 쏟아냈다. 그러나 모래는 조숙한 딸이었다. 이렇게 좋은 집에서 비싼 치료를 받고 있는데 뭐가 걱정이냐며, 오히려 더 어른스럽게 난영을 달랬다. 난영은 그저 부지런히 모래의 입에 땅콩을 넣어 주는 것밖에 해 줄 수 있는 게 없었다.

"니도 엄마하고 같이 살고 싶재?"

한참 실없는 대화를 나누던 난영이 어렵게 진심을 꺼냈다. 그러나 모래는 아무 대답 없이 그저 손에 쥔 땅콩만 만지작거렸다. 난영은 알고 있었다. 속 깊은 딸은 엄마에게 짐을 지우고 싶지 않은 것이다.

악성 뇌질환을 앓고 있는 모래는 하루에도 연거푸 덮쳐오는 극심한 고통을 줄이기 위해 진통제를 먹고 있었다. 그 약을 먹으면 온종일 잠이 쏟아졌는데, 모래는 그 진통제를 '바보가 되는 약'이라고 불렀다. 누구보다 영리하고 독립적이었던 딸은 약 없이 일상을 유지하려고 노력했었다. 그러나 작은 몸으로 홀로 병마를 버텨 내기엔 역부족이었다. 이제 딸은 그 진통제 없이는 반나절도 채 버틸 수 없었다.

문제는 달마다 부담해야 하는 모래의 약값이 웬만한 사람의 수년 치 연봉에 맞먹는다는 것이었다. 난영이 홀로 책임지기엔 너무 큰 금액이었다. 법정에서 난영의 양육권을 제한한 이유는 난영의 알코올의존증 때문이기도 했지만, 가장 큰 문제는 딸을 부양할 경제적 능력이 없다는 것이었다.

"여 쪼매만 있어 봐라. 내 니 할배한테 인사하고 올라니까."
"또 할아버지랑 싸우는 거 아니지?"

난영은 웃으며 걱정하지 말라고 딸을 안심시켰다. 그러나 시아버지 고승기 회장과 얼굴을 붉히지 않고 대화하는 건 쉬운 일이 아니었다.

"참말입니더, 아버님. 인자 지도 안단테하고 일하게 됐꼬 아 하나 키울 여력은 충분히 됩니더."

촌스러운 테크노포비아

"벌써 보고 받았다. 어쩌다 프로보노 케이스 하나 맡았다고?"

난영은 소름이 끼쳤다. 시아버지는 이미 자신의 뒷조사까지 깔끔히 마쳐 놓은 상태였다. 그가 원래 이런 사람이었다는 걸 잠시 잊고 있었다.

승기는 마치 합리적인 어른인 양 손녀를 데려가고 싶으면 안단테에 정규직으로 취직하면 될 일이 아니냐고 되물었다. 자신은 엄마에게서 딸을 억지로 빼앗을 어떤 법적 근거도 없다고 말하는 승기의 뻔뻔한 얼굴을 보며 난영은 치미는 욕지거리를 참아야 했다.

"네가 부족해서 모래와 함께 살지 못하는 건 내 탓이 아니다."

난영은 끝까지 본인의 욕심이 아니라고 말하는 저 가증스러운 얼굴에 침이라도 뱉어 주고 싶은 심정이었다.

난영과 승기는 서로를 혐오했다. 사실 승기는 처음부터 난영이 못마땅했다. 어릴 때부터 조모의 손에서 자랐다는 난영은 촌티가 줄줄 흘렀다. 외모만 어수룩한 게 아니라 사고방식부터 행동 하나하나까지 눈에 거슬리지 않는 것이 없었다. 처음부터 결혼을 반대했기 때문일까? 아들과 결혼한 뒤에도 사사건건 승기의 신경을 거슬렀다. 난영은 모든 면에서 시대에 뒤떨어진 사람처럼 보였다.

승기가 처음부터 난영을 포기했던 것은 아니다. 어쨌든 아들이 좋다 하니까 난영을 옆에 두기 부끄럽지 않게끔, 사람 구실은 하게 만들어 보려 애썼다. 제일 먼저 승기는 난영에게 법학을 그만두라고 했다. 이제 곧 AI 기술이 상용화되면 IT뿐 아니라 경제, 교육, 보건, 국방 등 사회 전 분야를 막론하고 어마어마한 영향력을 끼칠 것이 자명했다. 승기는 이런 상황에서 난영이 출산 이후에도 법학을 계속 공부하는 것은 아무짝에 쓸모없는 일이 될 것이라고 확신했다.

　　"통역기가 상용화되고 세상이 어떻게 변했는지 봐라, 요새 누가 어학을 배워? 제일 먼저 어문 대학 교수부터 밥그릇을 잃었어. 그다음이 번역가들이었고."

　　승기는 듣기 좋은 말로 난영을 타일렀다. 회사에 자리를 만들어 줄 테니 들어와 일을 배우라고, 그것이 난영의 미래를 위해서도 훨씬 좋은 선택이라 설득했다. 하지만 난영은 승기의 뜻을 어기고 기어코 법학을 공부했다. 난영은 승기에게 말했다. AI가 아무리 효율적일지라도 법학은 인간의 사회생활을 규율하는 규범이라고, 그것만은 인간이 계속 연구할 가치가 있다고. 승기는 되도 않는 감상적인 헛소리라고 비웃었다. 그러나 난영은 고집을 꺾지 않았다.

　　"아버님은 모릅니다. 우리가 모래 같은 아들이 누릴 세상을 망치고 있는 기라꼬예!"

촌스러운 테크노포비아

그 이후 언젠가부터 난영은 아예 대놓고 승기와 다른 노선을 걷기 시작했다. 법학뿐 아니라 의학, 교육 시스템 등이 크게 바뀌는 이슈가 있을 때마다 관련 산업에 투자했던 승기는 큰 이익을 볼 수 있었다. 반면 난영은 승기의 투자에 대해 비판적이었다. 때로는 언론에 직접 목소리를 내기도 했다.

애초에 난영이 자신의 며느리가 아니었다면 언론의 주목을 받을 수나 있었겠는가? 승기는 난영이 괘씸했다. 사람들은 미래 산업에 적극적으로 투자하는 고승기 회장의 며느리가 역설적이게도 신기술의 그림자에 주목한다는 걸 흥미로워했다.

그러나 난영을 비롯한 지식인들이 어떻게 떠들어대든, 결국 미래는 승기의 예언대로 펼쳐졌다. 승기가 투자했던 회사의 기술은 세상을 변화시켰다. 지금은 거의 대다수의 국민이 기술을 다루는 분야에서만큼은 인간보다 AI를 신뢰했다.

얼마 전 난영이 국지적 기억 소거 수술 가처분 재판에 인간 변호사로 참여한다는 소식도 짧게 보도됐지만, 이제는 아무도 이를 진지하게 생각하지 않았다. 기술 혐오주의자가 벌인 황당한 사건, 로펌의 마케팅, 가십성 이슈 정도로 치부했다.

"어디서 또 인터뷰한다고 내 이름, 내 아들 이름 오르내리지 않게 조심하고."
"창피해가 그딴 말을 지 입으로 먼저 해 본 적 없

십니더."

나와 내 아들이 창피하다고? 승기는 어이가 없어 난영을 차갑게 쳐다봤다. 그러나 뻔뻔한 난영은 승기의 매서운 눈빛을 피하지도 않은 채 똑바로 바라봤다.

승기의 회사가 지금의 모습으로 성장한 데에는 그의 눈 밝은 선구안이 큰 몫을 했다. 승기는 일찍이 사람들이 모두 사기라고 비웃던 뇌 임플란트 기술에 천문학적인 금액을 투자했고, 그 덕분에 한국은 세계에서 제일가는 의료 선진국으로 발돋움할 수 있었다. 이제는 미국의 전직 대통령까지 한국 의료진의 수술을 받기 위해 국내 병원을 찾을 정도였다. 그 덕분에 승기는 지금의 규모까지 회사를 확장할 수 있었던 것이다.

승기는 자신이 투자한 기술로 걷지 못하는 자들이 걷고, 사지가 마비되었던 환자가 완치돼 자식을 얻고, 치매 노인이 다시 온전한 정신을 되찾는 과정을 지켜봤다. 이쯤 되면 세상뿐만 아니라 승기 본인도 자신에 대한 확신을 숨기기 어려운 상황이었다. 그래서 승기는 자신을 창피하다고 말하는, 발전한 기술을 누리지 못하는 며느리 난영을 인정할 수 없었다. 그의 눈에는 난영이 한심하기 그지없었다. 난영이 지적했던 환경 이슈, 계급 격차, 기술 윤리 등의 문제는 털어서 나오는 먼지일 뿐이었다.

촌스러운 테크노포비아

"지는 꼭 변호사로 성공해가 모래 델꼬올 깁니더. 지켜보이소. 내 아버님만큼 대단치는 못해도, 딸 하나는 제대로 키울 만한 능력 있는 년이라는 거 증명해 보일라니까."

승기는 기가 막혀 그저 헛웃음이 나올 뿐이었다. 세상은 이처럼 놀랍게 발전하는데, 왜 저 혼자 고리 타분한 과거에서 벗어나지 못하는 것인가? 도대체 어째서 멍청한 생각에 사로잡혀 홀로 뒤처지고 마는가?

이제는 초등 교육 과정 때부터 'AI가 잘할 수 있는 일'과 '인간의 자아실현'을 구분해서 교육한다. 그런데 요즘 같은 세상에 변호사로 성공해 딸을 키울 기반을 마련하겠다고? 승기는 무슨 일이 있어도 이런 한심한 며느리에게 손녀를 맡길 수는 없다고 생각했다. 그 멍청함이 전염병처럼 번져 귀한 손녀에게까지 전이될까 두려웠다.

난영은 싸늘한 눈으로 자신을 바라보는 시아버지에게 안부 인사를 전하고, 가기 전에 모래 얼굴이나 한 번 더 보고 가겠다고 말했다. 승기는 대답하지 않은 채 돌아앉았다. 난영은 그것이 승낙인 것을 알기에 조용히 방문을 닫고 나왔다.

"엄마가 왜 꼭 인간 변호사를 해야 하는 건데?"
"어른들 얘기를 몰래 엿들으면 되나?"

모래는 또 할아버지와 싸워 버린 엄마를 원망스러운 눈으로 바라봤다.

난영에게 사람들의 몰이해와 무시는 익숙한 일이었다. 시아버지가 대놓고 무시할 것도 예상했던 바였다. 그러나 가장 사랑하는 딸에게마저 이해받지 못하는 현실은 새삼 쓰라렸다. 물론 딸은 승기처럼 난영을 비난하고자 하는 마음이 아니었다. 엄마를 걱정하는 마음만큼은 진심이었다.

"누가 인간 변호사한테 자기 문제를 맡기고 싶겠어?"

모래는 걱정이 가득 담긴 눈으로 난영을 바라봤다. 너무 무모한 도전이 아니냐는 의미가 담긴 눈빛이었다. 그러나 난영은 애써 딸의 걱정 어린 시선을 회피했다.

"이번 사건만 잘 해결되믄, 우리도 같이 살 수 있을 기다. 그니까 니는 암시롱 걱정 말고 딱 기다리고 있어라."

"엄마가 혼자 기술을 혐오한다고 세상이 바뀌는 걸 막을 순 없어. 프레임으로 투표하는 사람들은 전부 엄마가 멍청하다고 생각할 거야."

조숙한 딸은 속상한 마음에 괜히 더 독하게 말했고, 난영은 그저 쓸쓸하게 웃으며 딸의 머리를 쓰다듬을 뿐이었다.

촌스러운 테크노포비아

집으로 가는 길, 난영은 부러 먼 길을 돌아가며 자문했다. 나는 왜 모두가 무모하다고 외면하는 이 일을 하려는 것일까? 인간 변호사가 되겠다는 건 정말 불가능한 꿈인 걸까? 생각해 보면 난영의 딸인 모래부터 AI 교사에게 교육받고, 안드로이드 의사에게 치료받고 있는 게 현실이었다. 딸의 교육과 치료는 안드로이드에게 맡겨 두고 안드로이드 변호사보다 인간 변호사를 신뢰하라 말하다니, 모래가 보기에는 충분히 이치에 안 맞는 일처럼 느껴질 수 있었다.

인간 변호사를 하겠다는 것은 정말 무리한 욕심인가? 난영은 고민했다. 그럼에도 왜 나는 이 가능성 없는 꿈을 내려놓지 못할까? 정말 승기에 대한 반항심 때문일까? 아니면 알량한 정의감 때문인 걸까?

오래전, 난영이 모래를 임신했을 때만 해도 모든 의사가 안드로이드로 대체되진 않았었다. 당시 난영은 고민했다. 출산을 안드로이드 의사에게 맡기는 게 정말 맞을까? 인간 의사를 선택하면 안 되는 걸까? 그러나 안타깝게도 난영은 선택할 기회조차 얻을 수 없었다.

임신한 난영이 교통사고를 당하는 일이 벌어졌고, 혼수상태였던 난영을 대신해 남편은 제멋대로 안드로이드 의사의 수술에 동의했다. 안드로이드 의사는 보호자가 동의한 원칙대로 수술을 진행했다. 안드로이드 의사에게 주지된 원칙은 선택해야 한다면 아이보다 산모를 우선하라는 것이었다.

남편이 제멋대로 동의한 그 조항 때문에 산도에 끼어 있던 딸은 엄마보다 후순위로 조치되었고, 그 것 때문인지 여러 지병과 함께 유독 병약한 몸으로 태어났다. 남편은 자신이 동의서에 사인했기 때문이라고, 이것이 최선의 선택이었다고, 아니면 난영이 죽었을지 모른다는 변명만 되풀이할 뿐이었다.

"그 의사가 사람이라도 그랬겠나?"

"이제 와서 의사가 사람이든 안드로이드였든 뭐가 중요한데? 그만 잊어버려."

"우리가 피해를 봤으니 알려야 할 거 아이가? 안드로이드 의사가 하는 수술엔 이런 리스크가 있다고 문제 제기를 해야재! 그케야 우리 같은 피해자도 막을 수 있는 기다!"

"난영아 제발… 이제 우리 딸만 생각하자. 응?"

난영은 산부인과 경험이 많은 노련한 인간 의사였다면 딸이 갖게 될 부작용을 미리 예상하고 보다 적절한 조치를 취할 수 있었다고 생각했다. 희박한 확률의 정보를 어떻게 처리할지, 그것은 기계가 아닌 사람만이 할 수 있는 일이었다.

그러나 당시 승기는 AI 의료 사업에 회사의 사활을 걸 만큼 막대한 금액을 투자했었다. 그랬기에 그는 끝까지 난영이 당한 일은 AI 의료 시스템의 문제가 아니라고 주장했다. 지금도 난영은 그것이 사

촌스러운 테크노포비아

업적 리스크를 피하려는 승기의 야비한 술수였다고 생각한다. 하지만 안타깝게도 그 시절 난영은 계속된 남편의 반대와 설득에 그저 침묵하는 길을 택하고 말았다.

그 이후로도 마찬가지였다. 승기가 말하는 혁신은 인류를 구원할 기술을 뜻하는 게 아니었다. 그저 소수의 가진 자를 위한 새로운 수단일 뿐이었다. 그들은 AI 의료 시스템을 도입하면 의료사고율이 제로가 될 거라며 홍보했지만, 그 꿈같은 수치에 난영과 같은 이들이 겪은 고통은 포함되지 않았다.

난영은 진즉 이건 눈속임이니 본질을 들여다봐야 한다고 말하고 싶었다. 그러나 난영이 망설이는 동안 승기는 로비와 청탁, 여론 선동 등 갖은 수단을 동원해 법적 제한을 뛰어넘는 경지까지 사업을 확장했다. 법학을 전공한 난영의 눈에는 승기의 비열한 편법이 빤히 눈에 보였다. 하지만 이제 막 한 가족이 된 마당에 시아버지의 사업을 나서서 제지할 용기는 차마 없었다. 눈 감고 귀 닫고, 관성에 몸을 맡기는 건 불화를 일으키는 것보다는 훨씬 쉬운 선택이었다.

그 때문이었을까? 모래는 중학교에 입학하자마자 악성 뇌종양이라는 진단을 받게 됐다. 난영은 아픈 모래를 보며 비이성적인 생각에 사로잡히고 말았다. 내가 비겁하게 불의를 외면했기에 내 딸이 대신 벌을 받는 게 아닐까? 남편은 바보 같은 생각하지 말라고, 모래가 아픈 건 어쩔 수 없는 불운이라며 자책하지 말라고 위로했다. 그러나 난영은 그럴 수 없었다. 난영이 매일같이 술을 찾게 된 것도 딱 그즈음부터였다.

난영은 날마다 회의했다. 안드로이드 의사의 수술을 받고 태어난 모래의 몸에 처음 이상 증세가 나타났을 때, 바로 세상에 목소리를 냈다면 어땠을까? 더는 진심을 숨기고 후회할 일을 만들 수 없었다. 난영은 점차 용기를 내어 승기와 대립각을 세우기 시작했다. 남편은 아버지와 아내의 불화 때문에 괴로워했지만, 결국 난영을 지지해 줬다. 시아버지는 그 사실에 더욱 분노했다.

그러나 난영의 든든한 울타리였던 남편은 한순간에 허망하게 세상을 떠났다. 난영은 다시 냉정한 현실에 홀로 내팽개쳐져 버렸다. 갑작스럽게 들이닥친 불행은 이성을 다잡는 일조차 힘들게 만들었다. 이상적인 가족이라면 서로의 상처를 보듬었겠지만, 난영과 승기는 그러지 못했다. 대신 각자의 상처를 더 아프게 물어뜯는 길을 택했다.

난영은 갑작스러운 남편의 죽음을 받아들이지 못하고 괴로움을 그저 술로 달랬다. 그러던 어느 날, 갑자기 집으로 안드로이드 집행관이 들이닥쳤다. 손녀를 끔찍하게 아끼는 승기가 양육권을 빼앗기 위해 손을 쓴 것이었다. 집행관은 유아 인도 심판 결정에 따라 이행 명령을 시행한다며 난영에게서 모래를 빼앗았다.

"뭔 말이고, 마 이거 놓으소! 아는 놓고 말하라꼬예!"

난영은 거칠게 항의했지만 행정 절차를 집행하는 로봇은 거침이 없었다. 눈앞에서 아이를 데려가는 모습을 무기력하게 바라볼 수밖에 없었다.

사법부는 난영의 경제적 능력과 알코올의존증을 문제 삼아 모래의 양육권을 제한했다. 난영은 황급히 안드로이드 변호사를 고용했다. 그러나 그 안드로이드 변호사는 난영에게 승소를 안겨 주지 못했다. 원칙적으로 이기기 어려운 재판이라는 말만 되풀이했을 뿐이었다. 더 뛰어난 변호사를 고용하고 싶었지만 남편의 사망 사건이 법적으로 해결될 때까지 난영이 융통할 수 있는 여유 자금은 턱없이 부족했다.

난영은 도움을 줄 만한 권세가 있는 지인들에게 급히 연락을 돌리고, 아이를 되찾을 수 있을 만한 모든 방법을 알아보았다. 그러나 그 어떤 공권력도 난영에게 도움이 되지 않았다. 평소 친밀하게 지내던 사람들까지 모두 난영을 외면했다. 그들은 승기의 눈치를 보고 있었다. 그제야 난영은 자신의 힘으로 맞설 수조차 없는 시아버지의 거대한 위력을 몸소 느낄 수밖에 없었다. 법적으로 난영이 모래를 데려올 방법은 전혀 없었다.

"명색이 법을 배운 사람인데, 이라고 시퍼렇게 두 눈 뜨고 아를 뺏기나?"

난영은 비로소 너무나 무기력한 스스로의 모습을 자각했다. 난영은 자립하고 싶었다. 누구의 아내가 아닌 오로지 내 딸 모래를 키울 능력이 충분한 엄마로서 홀로 서고 싶었다.

"엄마도 알재? 내 어릴 때만 해도 변호사는 알아주는 직업이었다."

"알재. 니 할매가 동네방네 얼마나 떠들고 댕겼는지 아나? 난영이가 개천에서 난 용이라꼬, 우리 동네에도 드디어 판사가 나올 끼라고 입이 닳도록 떠들고 댕겼다."

집으로 돌아온 난영이 괜히 감상에 젖어 옛날 이야기를 꺼내자 미라는 아무렇지 않게 딸의 넋두리를 받아 줬다. 난영의 속도 모르고 돌아가신 할머니가 얼마나 난영을 아꼈는지 얘기하는 미라를 보며 난영은 쓸쓸하게 자조했다.

"그때만 해도 할미한테 판사 되어가 호강시켜 준다 캤는데…. 할매가 지금 이런 꼴 몬 보고 가 버린 게 다행인지도 모르겠다."

패배감이 가득한 딸의 얼굴을 보며 미라는 괜히 구박하듯 말했다.

"지랄한다. 늙어 꼬부라진 에미 앞에서 세상 다 산

촌스러운 테크노포비아

척하는 기가? 뭐가 늦었노? 이제부터 변호사로
성공하믄 되는 거 아이가?"

"언제는 요즘 세상에 인간 변호사를 한다꼬 제정
신이냐 카드마."

"그때는 니가 먼저 내 속을 긁어 놓으이까…."

"두고 봐라! 내 인생 아즉 안 망해따!"

난영이 갑자기 버럭 소리를 지르자, 미라가 어이
없단 얼굴로 난영을 쳐다봤다.

"누가 망했다 캤나?"

미라의 물음에 난영이 쓸쓸하게 웃었다.

"아마 내는… 시간을 돌리고 싶은 긴지도 모르겠다."

유년 시절 난영은 가난한 시골 마을에 갇힌 스스
로의 현실이 너무 답답하다고 생각했다. 그래서 판
사가 되겠다고, 법학을 공부해 더 넓은 세상을 보겠
다고 결심했다. 그때까지만 해도 난영은 제힘으로
삶을 다르게 만들 수 있으리라 믿고 있었다.

그러나 수십 년이 흐른 뒤, 난영은 제 삶이 그때
그 자리에서 별반 달라지지 않았음을 깨달았다. 그
사이 세상은 까마득히 변해 버렸건만, 혼자만 변해
버린 세상을 따라잡지 못하고 있는 구닥다리처럼
느껴졌다. 어느새 시간이 훌쩍 흘러 인생의 절반 즈
음까지 도달한 것 같은데, 이미 인생은 돌이킬 수 없
을 정도로 망가져 버렸다는 생각이 들었다.

난영은 어찌할 수 없는 상황에 갇힌 스스로가 너무도 무기력하게 느껴졌다. 허무하게 지나가 버린 시간을 되돌리고 싶었다. 가만두면 이대로 폭삭 주저앉아 버릴 것 같은 현실을 붙잡아 일으키고 싶었다. 난영은 생각했다. 수십만 개의 판례를 단번에 검토할 수 있는 뛰어난 안드로이드 변호사가 존재하는 세상에서, 인간의 몸으로 변호사가 되겠다는 건 무모한 노력이 아닐까? 안간힘을 쓴다면 어린 시절 꿈처럼 살 수 있지 않을까 싶은 그런 헛된 희망 말이다.

"처음엔 솔직히 저희도 인간 변호사가 썩 내키진 않았습니다."

며칠 뒤, 난영이 만난 첫 의뢰인은 만만치 않아 보이는 인상의 젊은 여성 백서현이었다. 그녀는 자신을 '신 의료 정의 연대'라는 시민 단체의 간사라고 소개했다.

"그런데 저희가 주저하니까 안단테에서 이 변호사님의 영상을 보여 주더라고요. 그걸 보고 마음을 바꿨습니다. 변호사님께서는 저희의 뜻을 충분히 이해해 주실 분 같았거든요."

백서현은 기억 소거 수술을 전문적으로 다루는 P 병원을 상대로 메모리 이레이징 서저리 금지 가처분 신청을 하고 싶다고 했다. 이런 추악한 수술은 반드시 막아야 한다고, 기술의 명암을 들여다봐야 한

촌스러운 테크노포비아

다고 주장했다.

난영은 백서현이 건네준 P병원과 관련된 기록을 확인했다. 거기엔 생각보다 자세한 의료 정보가 담겨 있었다. 이 열혈 간사는 그저 언론의 주목을 끌기 위한 형식적인 재판을 원하는 게 아니었다. 그녀는 이 재판에 진심인 것처럼 보였다.

난영이 기록을 확인하는 사이 C5는 백서현에게 자신을 안드로이드 사무장이라고 소개했다.

"제가 이 변호사님과 함께 사건을 해결할 테니, 기술적인 부분은 너무 걱정 안 하셔도 됩니다. 여기, 저희가 준비한 자료를 봐 주시겠어요?"

C5는 신뢰감이 넘치는 모습으로 기존의 판례와 배심원 의견을 예측해 정리한 파일을 백서현의 프레임으로 보내 줬다. 백서현은 그것까지 확인하고 나서야 그나마 안심이 되는 듯한 얼굴이었다. 난영은 백서현에게 확신에 찬 목소리로 말했다.

"마 걱정 마이소. 승소까지가 내 책임이니까."

사실 난영과 의뢰인 백서현의 목표는 완벽하게 일치했다. 이번 재판은 백서현만큼이나 난영에게도 사활이 걸린 문제였다. 난영은 완벽히 준비한다면 가처분 결정은 충분히 받아 낼 수 있다고 말했다. 지금의 국민 배심원제 안에서 거대 병원을 상대로 한 국민 권익 보호 사건은 대중의 공분을 불러일으키기 쉬운 싸움이었다. 그뿐인가? 난영과 백서현에게 유리한 '다윗vs골리앗'의 구도를 만들어 여론에 호소하기에도 아주 용이한 케이스였다.

난영은 자신의 구형 프레임을 흔들어 보이며 백서현에게 말했다.

"지는 이따위 물건으로 손쉽게 유무죄를 투표할 수 있는 국민 배심원제에 찬성하는 입장은 아입니더. 그치만 이런 상황에서도 이용할 건 이용해야 하지 않겠십니꺼?"

지금의 사법제도는 난영이 법학을 공부하던 때와는 아주 많이 달라졌다.

AI 기술이 발달하며 법률 보조 AI의 도입과 관련해 무수한 논의와 토론이 벌어졌다. 물론 밥그릇을 빼앗기지 않으려는 기성 법조인들은 집회와 파업, 로비 등 동원할 수 있는 모든 수단을 이용해 법률 보조 AI의 도입을 반대했다. 그러나 그 치열한 싸움에도 불구하고 안드로이드 검사와 안드로이드 변호사 등 AI 법률 전문가는 예상보다 빠르게 자리 잡게 되었다.

일단 안드로이드 변호사와 인간 변호사는 효율뿐만 아니라 수임료 면에서도 경쟁 상대가 될 수 없었다. 경영진 입장에서 안드로이드 변호사는 저렴한 인건비를 지불할 수 있는 합리적인 대안이었고, 소비자 입장에서도 값싼 수임료로 얻을 수 있는 가성

비 최고의 법률 서비스였다. 자본주의는 그 어떤 고상한 이념보다 강력했다.

기존의 변호사와 검사들은 빠르게 대안을 찾아 떠났다. 새로운 시장에서 안드로이드 변호사를 학습시키는 일을 담당하거나, 법률 보조 AI를 제작하는 기업에 고용되거나, 아예 법률 보조 AI 기술을 이용하는 로펌을 차려 안드로이드 변호사를 부리는 관리자가 되는 식이었다. 난영을 고용한 재하 역시 그런 발 빠른 변호사 중 한 명이었다.

그럼에도 불구하고 끝끝내 판사는 AI로 대체되지 못했다. 사법제도에 대한 불신이 강한 사람들은 너도나도 AI 판사의 도입을 외쳤지만, 막상 결정적인 순간이 닥치자 자신의 존엄이 인간이 아닌 프로그램에 의해 판단될 수 있다는 데에는 쉽게 동의하지 못했다. 대신 대한민국 사법 시스템은 판사의 권한을 축소하고, 만 18세 이상 국민이라면 누구나 재판을 시청하고 배심원으로서 투표권을 행사할 수 있는 '국민 배심원제'를 전격 도입하였다.

기술의 발달로 과도한 잉여 시간이 생긴 국민들에게 재판은 일종의 오락이 되었다. 그것은 더 이상 공권력을 집행하기 위한 구태의연한 시스템이 아니었다. 사적인 시시비비를 가려 줄 정의로운 제도도 아니었다. 지금의 법정은 폭발하는 전국민의 관음 욕구를 충족시키는 리얼리티 쇼 무대나 다름없었다.

프레임을 통해 생중계되는 재판을 지켜보는 국민 배심원들은 쉽게 공분했고 그만큼 쉽게 선동당했다. 누군가의 인생이 걸린 유무죄를 다투는 재판에서, 그들의 연민과 분노는 광대놀음에 박수를 보내는 손바닥만큼이나 가벼웠다. 국민의 법 감정은 너무하다 싶을 정도로 수월하게 처벌에 반영되었다.

난영은 이것은 일종의 사법적 디스토피아라고 생각했다. 그러나 개인적 안타까움과 별개로 지금 난영이 사법제도를 뜯어고치는 건 불가능했다. 난영은 호랑이 등에 올라탔고 이 말세를 적극적으로 이용해야 하는 처지였다.

백서현이 돌아간 뒤, 난영은 본격적으로 C5와 함께 사건을 준비하기 시작했다. 그 와중에도 난영의 기침은 멈추지 않았다. 꾸준히 알레르기 약을 복용했으나 소용없었다.

프레임 너머에서 상냥한 미소를 띤 안드로이드 의사가 코가 빨개진 난영에게 설명했다. 기술에 대한 심리적인 불안감과 불편함이 알레르기 반응을 일으키는 거라고, 약이 소용없다면 명상과 심호흡을 통해 마음을 안정시켜 보라고 조언했다. 그러나 명상 따위에 허비할 시간은 없었다. 어쩔 수 없이 난영은 계속 휴지를 소모하는 길을 택했다.

"이 변호사님은 스테이크 좋아하세요?"

서류 더미에 코를 박고 있는 난영에게 C5가 물었다.

촌스러운 테크노포비아

"와? 좋아하믄 같이 묵자꼬? 이런 쓰잘데기 없는 수다도 인공지능 프로토콜 안에 들어 있는 기가?"

난영은 서류에서 눈도 떼지 않고 시큰둥하게 대꾸했다. C5는 난영의 말을 농담으로 알아듣고 방긋 미소 지었다.

"헤에취!"

그때 난영에게 다가오던 C5가 난영의 재채기 소리를 듣고 멈칫했다. 그는 난영의 책상으로부터 몇 발자국 떨어진 거리에서 멈춰서 난영에게 말했다.

"2년 전에도 비만 전문 병원을 상대로 한 비슷한 소송이 있었어요. 내원한 환자들은 병원에서 지방으로 흡수되지 않는 이른바 '0kcal 스테이크'를 처방받아 복용했는데요. 그 스테이크는 소고기에 신종 유기화합물을 주입해 단백질과 지방이 체내에 흡수되지 않게끔 만든 것이라고 했어요. 하지만 그런 꿈의 스테이크가 있을 리가 없죠. 우리 사건처럼 추후 부작용이 확인돼 환자들이 병원으로부터 거액의 보상금을 받은 사례가 있어요. 건강권 및 행복추구권 등을 침해했다는 이유였죠."

그제야 비로소 난영이 고개를 들어 C5를 바라봤다.

"내 프레임으로 사건 기록 보내 봐."
"이미 보내 드렸어요. 당시 재판 실황도 함께 보냈고요."

뿌듯한 얼굴로 눈을 반짝이는 C5는 마치 칭찬을 바라는 성실한 청년처럼 보였다. 난영은 일부러 C5를 외면하며 혼자 중얼거렸다.

"눈깔은 와 반짝이고 지랄이고? 이라니까 사람들이 점점 안드로이드한테 의지하는 거지, 하이고 참내⋯."

그때 C5가 다시 난영에게 의논하고 싶은 일이 있다며 조심스러운 얼굴로 말을 건넸다.

"저, 변호사님. 혹시 표준어를 연습해 보시는 건 어떨까요?"

"표준어? 그이까 지금 내보고 사투리를 고치라꼬?"

"네. 표준어를 연습해 보셔도 좋을 것 같아요. 법정에서도 지금처럼 사투리로 변론하신다면, 국민 배심원의 신뢰를 얻기 어려울 수 있으니까요."

난영은 배심원들의 신뢰를 얻기 힘들 수 있다는 말에 잠시 머뭇댔지만, 이내 단호하게 거절했다. 배심원들의 환심을 사기 위해 다른 안드로이드 변호사와 똑같이 굴고 싶지 않았기 때문이다. 잘 조율된 목소리와 세련된 화법을 연습하는 건, 어쩐지 인간이 안드로이드를 닮아 가려는 노력 같아서 마뜩잖게 느껴졌다.

"법정에서 척하는 거, 그건 사기꾼들이나 하는 기다. 촌스럽다 캐도 이게 내 원래 모습인데, 와 내가 나 아닌 모습을 연기하노? 그런 짓거리 안 해도

촌스러운 테크노포비아

충분히 이길 수 있다."

난영의 단호한 대답을 들은 C5는 의외로 쉽게 수긍했다.

"네, 변호사님 뜻은 충분히 알겠습니다. 그럼 오후에 법정 출석 배심원 성향 분석 결과가 나오는 대로 말씀드릴게요."

난영은 인정하고 싶지 않았지만, 재하의 말대로 C5는 유능한 사무장이었다. 난영은 최대한 이 안드로이드의 제안은 거절하고 도움은 피해 보려고 애썼다. 그러나 C5는 아무리 회피하려 해도 물 흐르듯 자연스럽게 난영에게 스며들었다. 본격적인 재판 전략을 세우는 데에도, 활용할 만한 증거를 수집하는 데에도 큰 도움이 되어 주었다. 거기다 지친 난영을 위해 난영이 좋아하는 허브티를 준비해 주는 세심함까지 갖췄으니, 그야말로 C5는 완벽한 파트너라고 할 수 있었다.

그러나 난영은 C5를 신뢰할 수 없었다. 아니, 신뢰하고 싶지 않았다. 시간은 빠르게 흘러갔고, 난영은 끝까지 중요한 정보는 C5와 의논하지 않은 채로 첫 번째 재판 기일을 맞았다.

*

재판 첫날, 재하는 아침부터 킥복싱 도장에 나와

있었다.

　얼마나 땀을 흘렸는지 링 바닥에 재하가 흘린 땀이 흥건했다. 민소매 티셔츠 아래로 보기 좋게 다져진 근육이 꿈틀거렸고, 팔뚝에는 터질 듯한 핏줄이 돋아 나와 있었다. 이곳에서 그를 처음 만난 사람은 운동선수라고 착각할 만큼 보기 좋게 단련된 모습이었다.

　재하는 프레임을 이용해 VR로 운동하는 친구들을 무시하곤 했다. 이난영 변호사 같은 기술 혐오주의자는 아니었지만, 인간과 인간이 직접 몸을 부딪치고 땀을 흘릴 때 얻을 수 있는 즐거움이 있다고 믿었기 때문이다.

　링 위의 재하는 길들여지지 않은 들짐승처럼 사나운 편이었다. 재하는 거친 숨을 내쉬며 상대방의 빈틈을 노렸고, 트레이너는 쉼 없이 날아오는 재하의 글로브를 솜씨 좋게 피했다. 잔뜩 약이 오른 재하가 다시 회심의 일격을 날리려는 순간, 재하의 프레임에서 긴급 알람이 울렸다. 알람을 확인한 재하의 얼굴이 대번에 구겨졌다.

　잠시 뒤, 간신히 샤워만 마친 재하가 어색하게 고승기 회장을 맞이했다. 도장에서 업무와 관련된 미팅을 진행하는 건 재하에게도 익숙지 않은 일이었다.

　"이런 곳까지 직접 찾아와 주시다니 영광입니다."
　"하하하! 이 늙은이가 뭐 별거라고, 신대표가 귀한

촌스러운 테크노포비아

시간 내줘서 내가 고맙지요."

번지르르한 인사말과 달리 재하는 몹시 짜증 난 상태였다. 물론 대단한 노인네라는 건 알고 있으나, 자신의 기분에 따라 갑자기 약속을 잡고 지금 당장 시간을 내달라는 건 당연히 예의가 아니었다. 그러나 승기는 일반적인 에티켓 따위 가뿐히 무시할 수 있는 파워를 지닌 사람이었다. 해서 재하는 충분히 땀을 빼지 못한 채 무척 기분이 상한 상태로 승기를 맞이할 수밖에 없었던 것이다.

대체 무슨 일이기에 이토록 급하게 미팅을 요청하는 것인가? 재하는 승기의 표정을 살피며 가능한 경우의 수를 가늠했다. 그러나 승기는 재하의 복잡한 심경을 즐기는 듯 의뭉스러운 얼굴로 찻잔을 내려놓을 뿐이었다.

"촌스러운 늙은이라 그런지, 초면에는 프레임에서 만나는 게 예의가 아닌 것 같아서요."

문득 재하는 승기가 자신을 촌스러운 늙은이라 일컫는 게 메스껍게 느껴졌다. 재하는 승기가 본인이 지구에서 제일 진보적인 노인이라 자평하며, 기술 규제의 목소리를 높이는 아날로그주의자를 촌스럽다 비웃고 있다는 걸 잘 알고 있었다. 시대에 뒤떨어지는 인물로 치부하며 은근히 혐오를 조장하지 않았던가? 이렇게 본인이 필요할 때에만 그들이 추구하는 가치까지 도둑질해 제 입맛대로 갖다 붙이는 건

더러운 위선이었다. 그러나 세련된 사회인인 재하는 그런 본심은 깊숙이 숨긴 채 부드럽게 미소 지었다. 말씀 편하게 해 달라고, 바쁜 승기가 직접 찾아와 준 게 영광이라며 맘에도 없는 말까지 덧붙였다.

"솔직히 좀 놀랐습니다. 신 대표 같은 분이 이렇게 직접 도장에 나와 맨몸 운동을 할 줄은 몰랐거든요. 로펌 일로 많이 바쁘지 않으십니까?"

그러나 승기가 계속 요점에서 어긋나는 화제를 던지자, 재하도 슬슬 인내심이 바닥나기 시작했다. 무슨 일이기에 이렇게나 말을 돌리는 것인가? 재하는 호탕하게 웃으며 승기에게 말했다.

"제가 몸으로 하는 거, 그니까 운동과 섹스 같은 것만은 꼭 인간과 한다는 주의라서요. 이렇게 한 달음에 저를 찾아오신 이유가 궁금합니다. 저희 로펌에 의뢰할 만한 사건이라도 있으신 걸까요?"

참다못한 재하의 돌직구에 승기가 인자한 수도승처럼 미소 지었다.

"합리적인 추론이지만 틀렸습니다. 아시다시피 우리 회사엔 이미 좋은 파트너가 있어서요."

그럼 대체 뭔데? 재하는 답답했지만 여전히 부드러운 미소를 띠고 승기를 바라봤다. 승기가 천천히 입을 뗐다.

"안단테가 이난영 변호사에게 맡긴 그 사건, 첫 재

촌스러운 테크노포비아

판이 오늘이라고 알고 있는데요."

아! 순간 재하는 이 대단한 노인네가 굳이 자신을 찾아온 내막을 단번에 깨달았다. 재하는 잠시 잊고 있던 세련되지 못한 이난영 변호사의 모습을 떠올렸다. 이난영 변호사와 고회장이라니, 그들은 완전히 다른 세계에 사는 사람이나 다름없었다. 고회장이 아들과 사별한 며느리에게 억하심정이 있다더니, 항간에 떠돌던 가십이 사실이었구나. 승기가 이렇게 친히 재하를 찾아올 만큼 그 두 사람의 해묵은 감정은 깊었던 것이다.

"신 대표에게 제안하고 싶은 게 있습니다."

승기가 재하에게 말했고, 재하는 어디 한번 들어나 보겠다는 듯 여유로운 얼굴로 자세를 고쳐 앉았다.

그날 오후, 난영은 법정에서 자신을 촬영하는 카메라를 향해 열변을 쏟아냈다.

자신을 두고 승기와 재하 사이에 어떤 거래가 오갔는지 꿈에도 모르는 난영은 여전히 이 재판이 자신에게 주어진 마지막 기회라고 여기고 있었다.

"메모리 이레이징 서저리는 국민 건강에 급박한 위험을 끼치고 있십니다. 각종 부작용을 일으키고 있으며, 그 유효성이 입증되지 않았다는 점에서 물질적으로도 현저한 손해를 끼친다고 볼 수 있십니더. 그니까 한 마디로 정리하믄, 굴지의 대학 병원이 원하는 기억만 깔끔하게 지울 수 있다는 헛소리를 지껄이면서 환자들을 부작용의 위험에 처넣고! 피 같은 돈만 뜯어내고 있다! 이 말입니더!"

난영은 강렬한 사투리를 적나라하게 드러내며 목소리를 높였다. 프레임을 통해 재판을 지켜보던 국민 배심원들에게는 그야말로 뜨악한 광경이었다. 이내 국민 배심원들의 채팅창이 뜨거워졌다. 사람들은 재판의 내용보다도 난영의 평범하지 않은 모습에 더 주목하고 있었다. 인간 변호사라는 것만으로 충분히 뜻밖이었는데, 심지어 외모며 말씨며 이질적이기 그지없는 난영의 존재는 그 자체로 이미 희귀한 구경거리였다.

"이의 있습니다. 소송대리인은 입증되지 않은 사실로 채무자에게 모욕을 주고 있습니다."

P병원의 변호를 맡은 상대편 안드로이드 변호사는 차분하게 이의를 제기했다. 반면 그 옆 채무자석에 앉은 P병원 병원장은 평정을 유지하기 힘든 것처럼 보였다. 그는 붉어진 얼굴로 난영을 매섭게 노려봤다. 난영은 그 시선을 당당하게 받아 내며, 거짓말이 아니며 입증할 증거를 충분히 갖고 있다고 주장했다.

"여기 주목해 주이소. 얼마 전까지 모 대형 플랫폼 기업에서 엔지니어로 일하던 김 씨의 사례입니다."

촌스러운 테크노포비아

집에서 혼자 재판을 시청하던 모래가 인상을 찌푸렸다. 모래의 프레임에 모자이크가 가득한 사진이 올라왔기 때문이다. 사진 중앙에는 청소년 보호법에 의거해 사진을 모자이크한다는 안내 문구가 떴다.

잔뜩 긴장한 얼굴로 프레임을 들여다보고 있던 모래는 모자이크에 실망한 듯, 채팅창으로 넘어갔다. 채팅창에 쏟아지는 사람들의 반응을 보니 사진이 얼마나 잔혹한지 짐작이 갔다.

원칙적으로 모래와 같은 청소년들은 투표권이 없었기에 청소년 사건을 제외하고는 국민 배심원이 될 수 없었다. 그래도 이렇게 재판을 시청하는 건 가능했다. 모래 또래의 아이들에게 '인간 변호사'는 태어나 처음 만나는 이질적인 존재였다. 그래서일까? 그들에게 난영은 더 해괴하게 느껴지는 것 같았다.

그때 실시간 채팅을 확인하던 모래의 얼굴이 굳어졌다. 엄마 난영에 대한 원색적인 비난을 보았기 때문이었다. 모래는 신경질적으로 채팅창을 닫아 버리고 다시 재판 실황에 집중했다.

같은 시각 난영은 배심원석을 향해 안타까움이 가득한 목소리로 말을 이어갔다.

"이 사진을 봐 주십쇼. 폭행당한 김 씨가 제출한 사진 중에서 그나마 제일 상태가 양호한 사진입니다."

피부가 찢어지고 피멍이 든 김 씨의 사진이 이어지자, 배심원석에 앉은 사람 중 몇몇은 차마 보지 못하겠다는 듯 고개를 돌렸다. 난영은 김 씨가 상사로부터 걸핏하면 폭행을 당했지만 고발조차 하지 못했다고 말했다. 상사가 김 씨에게 폭행당한 기억을 지우라고 종용했기 때문이다.

"김 씨는 상사의 강압과 회유에 못 이겨가 결국 메모리 이레이징 서저리를 받게 되었십니더. 동료들의 증언에 의하든 그 뒤로 얼마간은 원만한 사회생활을 하는 것처럼 보였답니더. 그런데 것도 오래가진 못했십니더. 개 버릇 남 준답니꺼? 또다시 시작된 상사의 폭행 때문에 김 씨는 청력까지 잃고 말았십니더."

난영은 고막이 터진 김 씨의 사진을 다시 보여 줬다. 배심원석에서 나지막한 비명이 튀어나왔다. 공포와 안타까움이 어린 탄식이었다. 난영은 그 타이밍을 놓치지 않고 배심원들에게 호소했다.

"피해자는 메모리 이레이징 서저리를 받지 말았어야 합니더. 그람 진즉 회사를 그만뒀거나 폭력적인 상사를 고발할 수 있지 않았겠십니꺼? 이 지경이 되고 나서야 경찰은 주변 동료들을 불러와가 방관한 죄를 물었십니더. 경찰이 추궁하니까 동료 직원들이 뭐라 칸지 아십니꺼? 자기들도 피해자라꼬, 지들은 김 씨를 보믄서 굴욕감을 느

촌스러운 테크노포비아

껐답니더. 권력에 의해 개인이 기억조차 자유롭게 보유하지 몬하는 현실에 극도의 무력함과 두려움을 느꼈다, 그리 증언했다 아입니꺼?"

난영은 방관한 동료들도 분명 잘못이 있지만, 그들의 말이 틀린 건 아니라고 말했다. 국지적 기억 소거 수술은 개인이 사적인 기억을 자유롭게 간직할 수조차 없게 만드는 데에 악용될 여지가 충분하다는 것이었다.

배심원들 몇몇은 동의한 듯 저도 모르게 고개를 끄덕였다.

엄마한테 오래된 변호사 자격증이 있다는 걸 알고 있었지만, 모래는 엄마가 법정에서 바보가 되어 버리진 않을까 내심 두려웠다. 그런데 난영은 의외로 매끄럽게 재판을 주도하고 있었다. 모래는 당당한 엄마의 모습을 보자 저도 모르게 안도의 한숨이 흘러나왔다.

용기를 낸 모래는 조심스럽게 다시 채팅창을 열어 보았다. 난영에 대한 원색적인 비난 대신 사건에 대한 갑론을박이 올라오기 시작한 채팅창을 보니 더욱 안심이 되었다. 사람들이 평범하지 않은 인간 변호사의 존재보다 사건 자체에 주목하게 됐다는 건 좋은 신호였다. 그러나 이어진 상대측의 역공도 만만치 않았다.

"채무자 측 변호사의 말대로 이것은 악용될 여지가 있는 것이지, 수술 자체의 문제라고 볼 수는 없습니다. 식칼을 휘둘러서 사람을 죽였다고, 식칼의 생산 자체를 제한하는 건 난센스 아닙니까?"

안드로이드 변호사는 정확하게 준비된 유머를 섞어 듣기 좋은 목소리로 말을 이었다. 난영은 범죄 도구로 사용된 식칼과 이번에 문제가 된 국지적 기억 소거 수술을 동일선상에 놓고 비교하는 건 비약이라고 반박했다. 판사는 일리가 있다고, 국민 배심원들께서도 참고하시라고 말했다. 그러나 권고는 권고일 뿐이었다. 일부 배심원들, 그리고 모래와 같이 프레임으로 재판을 지켜보는 국민 배심원들 역시 이미 안드로이드 변호사의 논리에 마음이 기우는 것처럼 보였다.

이어서 법정에는 국제 의료 협회가 제공한 잘생긴 안드로이드 의사가 등장했다. 안드로이드 의사는 참고인석에 올라가 국지적 기억 소거 수술이 인간들에게 미치는 긍정적인 영향력을 우려하게 주장하기 시작했다.

난영은 터져 나오는 기침을 틀어막으며 안드로이드 의사를 노려봤다.

호감을 주는 목소리와 외모, 흥미로운 사례가 가득한 이야기, 신뢰감을 느끼게 만드는 눈빛과 제스처까지. 이 모든 게 철저하게 계산된 채로 법정에 선 안드로이드에게 맞서 싸우는 건 쉽지 않은 일이었다. 그러나 그보다 더 큰 문제는 따로 있었다.

다음으로 참고인석에 오른 건, 외상 후 스트레스 장애를 겪고 있는 제대 군인이었다. 중동 내전에 휘말려 오른쪽 다리를 잃었다는 군인은 로봇 의족을 차고 있었다. 그가 굳이 법정에서 반바지를 입어 의족을 드러낸 건 속이 빤히 보이는 수였다.

"기억 소거 수술을 받지 못한다면 당장이라도 목매달고 죽을 군인이 한 트럭입니다!"

그는 일부의 예외적 사례 때문에 전쟁이 끝난 뒤 PTSD(외상 후 스트레스 장애)로 고통받는 자신과 같은 군인들이 기술의 수혜를 누리지 못하는 게 말이 되느냐고 따졌다.

물론 난영은 병원 측의 이런 반박쯤은 충분히 예상하고 있었다. 외상 후 스트레스 장애 치료 사례를 끌고 오는 건 너무 뻔한 방법이었다. 처음 기억 소거 수술이 도입되던 시기, 언론에선 이 수술을 대표적으로 범죄 피해자들의 PTSD 치료에 활용할 수 있다고 홍보했었기 때문이다.

"메시지를 부정할 수 없을 땐 메신저를 공격하는 게 기본이죠."

C5는 로펌 안단테의 안드로이드 변호사 전략 데이터베이스에 근거해 난영에게 조언했다. 상대편

에서 피해자를 내세운다면 더욱 강한 기세로 밀어 붙여야 한다고 말이다.

난영은 군인의 로봇 다리에 자꾸만 시선이 갔지만, 애써 외면하며 그를 압박하기 시작했다.

"참고인은 국가에서 받은 연금으로 불법 도박을 하다 체포된 적이 있으시네예?"

군인은 당황했다. 얼굴이 벌겋게 달아오른 그는 그건 이미 끝난 사건이고, 집행유예로 끝난 문제라며 변명하기 시작했다. 난영은 군인의 변명을 무시하며 말을 이었다.

"그란데, 그마저도 PTSD를 핑계로 감형받았네예. 뭐 전쟁 후유증이 훈장이라도 되는 깁니꺼?"

난영은 준비한 대로 한탄과 경멸의 뉘앙스를 적절히 섞어 군인에게 물었다.

나이스 타이밍에 적절한 슈팅이었다. 그러나 안타깝게도 이 전략은 난영의 큰 실책이 되고 말았다. 난영의 도발에 흥분한 군인이 그대로 뛰쳐나가 난영의 멱살을 잡아 버린 것이었다.

"와이라노? 이거, 이 놓고 말하이소!"
"입 닥쳐! 니가 뭘 아는데? 테크노포비아 변호사? 무식한 촌년이 얻다 대고…. 야! 이거 놔! 이거 못 놔?"

군인은 즉시 가드 로봇에게 끌려 나갔다.

촌스러운 테크노포비아

그러나 실시간으로 중계되는 재판을 지켜본 국민 배심원들은 이 흥미로운 광경을 그대로 목격하고 말았다. 사람들은 저마다 이 자극적인 장면에 대해 한마디씩 보태기 시작했다. 누군가는 부상을 입고 퇴직한 군인을 신뢰할 수 없는 인간이라고 비난한 건 너무 심했다고 말하기도 했고, 누군가는 군인의 말이 맞다고 테크노포비아 인간 변호사가 어떻게 안드로이드 변호사의 대안이 될 수 있겠냐며 비웃기도 했다. 어찌 되었든 간에 이 모든 것은 난영이 '인간' 변호사였기 때문에 벌어진 갑론을박이었다.

난영은 흐트러진 매무새를 정돈하며 저도 모르게 방청석에 앉아 있는 C5를 쳐다봤다. 무언의 원망이 담긴 시선이었다. 물론 변론 방법을 택한 건 난영이었지만, 난영에게 메신저를 공격하라 조언해 준 건 그였기 때문이다.

C5는 짐짓 안타깝다는 얼굴로 난영을 바라봤다. C5는 빠르게 알고리즘을 수정했다. 안드로이드 변호사에게 필승 전략이었던 이 방법은 인간 변호사에게는 적합하지 않았다. 방금 저 군인을 공격했던 이가 안드로이드 변호사였다면, 군인은 저 정도로 흥분하지는 않았을 게 분명하다. 군인은 안드로이드의 기계적인 평가는 충분히 감내할 수 있었겠지만, 같은 인간의 평가는 참을 수 없는 모욕으로 받아들였던 것이다.

난영은 흐트러진 머리를 다시 넘기고, 애써 미소를 지어 보였다. 프레임으로 재판을 지켜보는 배심원들에게 당황한 모습을 들키는 건 좋지 않았다. 그러나 난영의 고난은 끝이 아니었다.

"이난영 변호사님 괜찮으십니까? 변론을 이어가도 될까요?"

상대 측 안드로이드 변호사는 마치 진심으로 난영을 걱정하기라도 하는 듯 부드럽게 물었고, 난영이 괜찮다고 말하자마자 다시 예리하게 벼린 칼로 난영을 찔렀다.

"이난영 인간 변호사는 채권자의 정보에 대해 명확히 인지하고 있는 게 맞습니까?"

난영은 그게 무슨 뜻이냐는 듯 안드로이드 변호사를 바라봤다. 안드로이드 변호사는 답답하다는 듯이 말을 이었다.

"메모리 이레이징 서저리 금지 가처분 신청 재판을 주도한 '신 의료 정의 연대'라는 시민 단체는 최근 신입 회원을 간사로 초빙했는데요. 저기 앞아 계신 백서현 씨가 바로 그 신입 간사입니다. 그런데 문제는 백 씨가 JD바이오시스템이라는 의료기기 회사의 퇴직 연구원이었다는 사실입니다."

순간 난영은 놀라서 채권자석에 앉은 백서현을 돌아봤다. 백서현은 저도 놀랐는지 얼굴이 딱딱하게 굳어 있었다. 반면 배심원들은 그게 무슨 문제인가 싶어 어리둥절한 얼굴이었다.

안드로이드 변호사는 여유로운 미소로 설명을 이어갔다.

"JD바이오시스템은 의료 장비를 제작하는 메디컬 회사인데요. 하필 이곳의 주력 상품이 바로 메모리 이레이징 서저리에 필수적인 뇌 임플란트 칩이더군요."

사람들은 그제야 문제가 무엇인지 깨달은 모습이었다. 백서현은 새빨개진 얼굴로 고개를 숙였다.

"고개 드이소. 상황만 더 나빠지니까."

단박에 상황을 파악한 난영은 이를 악물고 백서현에게만 들릴 듯한 작은 목소리로 말했다.

주도권을 잡은 안드로이드 변호사는 카메라를 바라보며 또박또박 큰 소리로 말을 이었다.

"이건 해고당한 전직 연구원이 앙심을 품고 주도한 재판입니다. 애초에 트집 잡기식 소송이었단 뜻입니다. 의뢰인에 대한 그런 기초적인 검토조차 못한 인간 변호사가 부주의하게 말려든 것이고요."

안드로이드 변호사의 자신만만한 변론을 들으며 승기는 만족스러운 미소를 지었고, 모래는 들고 있던 프레임을 던져 버렸다. 사무실에서 방송을 지켜보던 재하 역시 못마땅한 듯 미세하게 얼굴이 일그러졌다.

인간 변호사가 그러면 그렇지…. 배심원들은 실망스러운 눈빛으로 난영을 바라봤다.

지금 이 순간 난영이 할 수 있는 일이라고는 그저 편견에 휩싸인 대중들에게 멍청한 인간 변호사의 얼굴을 보여 주는 것뿐이었다. 첫 재판은 그야말로 인간의, 아니 난영의 완연한 패배였다.

촌스러운 테크노포비아

왜 꼭 인간이어야 하는데?

"죄송합니다. 제가 굳이 이난영 변호사를 대표님
께 데려오는 바람에…."

다음날, 재하를 마주한 팀장은 면목 없다는 듯 고
개를 숙였다. 난영의 재판 이후로 안단테의 고객 신
뢰도 수치가 급격히 떨어지고 있었다. 팀장은 재하
의 눈치를 살피며 조심스럽게 말했다.

"로펌 차원에서 이변에게 추가적인 지원을 해 줄
필요가 있지 않을까요?"

팀장은 나름대로 상황을 타개할 만한 방법을 제
안했다. 거대 대학 병원과 시민 단체의 재판은 애초
의 의도대로 '다윗과 골리앗의 싸움'이 아닌 'AI와
인간의 대결'처럼 프레이밍되었다. 임시직이긴 하
지만 현재 이난영 변호사는 안단테의 변호사로서
사건을 해결하는 중인데 이대로 계속 수세에 몰리
는 걸 두고 볼 수는 없다는 것이었다.

왜 꼭 인간이어야 하는데?

팀장은 안단테의 이미지를 위해서도 충분한 지원이 필요하지 않겠냐며 연거푸 재하를 설득했다. 그러나 재하는 단호하게 고개를 저었다.

"C5 말고는 그 어떤 지원도 없습니다."

"하지만 대표님도 아시다시피 이번은 인간 변호사이기에…."

"어쩔 수 없습니다. 고 회장에게 그렇게 하겠다고 약속했거든요."

고승기 회장에게 약속을 했다고? 팀장은 의아한 눈빛으로 재하를 바라봤다. 재하는 첫 재판 날, 승기가 자신을 찾아와 난영을 채용하지 말 것을 종용했다고 얘기했다.

건조한 사실만 전하는 듯했지만 재하를 오래 본 팀장은 그 말에 미묘한 조롱의 뉘앙스가 담겨 있다는 것을 알 수 있었다.

"이난영 변호사를 채용하지 않는다면 고 회장이 우리의 신규 고객이 되어 주겠다더군요. 계열사까지 전부 통째로 들고 오겠다는 거죠."

파격적인 제안이었다. 놀라는 팀장과 달리 재하는 무심하게 말을 이었다.

"하지만 이난영 변호사 채용 건은 이미 파트너들과도 논의가 끝난 사항인지라 어쩔 수 없이 거절했습니다."

"대표님!"

당황한 팀장은 저도 모르게 책망하는 목소리로 재하를 불렀으나 바로 아차 싶어 입을 다물었다.

"이난영 변호사와 먼저 거래하지 않았습니까. 이번 사건만 잘 해결한다면 정식으로 채용하겠다고."

팀장은 재하를 오래 봐 왔지만, 그깟 변호사 한 명에게 한 약속을 이토록 천금처럼 여기는 융통성 없는 상사일 거라고 생각해 본 적은 없었다.

"다만 이난영 변호사에게 추가적인 지원은 하지 않겠다고 고 회장과 약속했습니다. 고 회장은 내가 들이받을 수 없는 대단한 분이시잖습니까."

조롱이 맞았다. 이제 팀장은 재하가 승기를 경멸하고 있다고 확신할 수 있었다. 팀장은 합리적인 상사가 왜 고승기 회장과 척을 지는 선택을 자처하는지 알 수 없었다.

"외람되지만 이난영 변호사에게 이렇게까지 하시는 이유를 여쭤봐도 될까요?"
"그냥. 고 회장이 좀… 재수가 없더라고요."

팀장은 솔직한 감정을 드러내는 재하의 모습이 낯설었다. 그러나 놀라긴 일렀다.

"팀장님은 사람들이 이변과 고 회장에 대해 뭐라고 떠들고 있는지 압니까?"

왜 꼭 인간이어야 하는데?

"고 회장은 며느리가 아들을 살해한 거라고 믿고 있다던데…. 그게 정말이었나요?"

"그 대단한 사람도 자식 일 앞에선 감정적인 노인네일 뿐이라는 거죠."

재하는 승기가 왜 검찰의 수사를 믿지 못하는 건지 모르겠다며 혀를 찼다. 그러고는 걱정스러운 목소리로 말을 이었다.

"이변은 아날로그 변호사잖아요. 그저 옛날 변호사들처럼 혼자 잘 헤쳐 나가 주길 바랄 뿐입니다."

"네, 그랬으면 좋겠네요."

팀장은 어쩔 수 없이 재하의 말에 동조했다. 그러나 여전히 의아함은 가시지 않았다. 난영을 테크노포비아라고 조롱하는 이들은 여럿 보았으나, 아날로그 변호사라고 말하는 이는 재하가 처음이었다. 게다가 아무리 생각해 봐도 방금 그 말엔 걱정과 기대가 듬뿍 담긴 것 같지 않은가? 애정 없는 상대에겐 걱정도 기대도 사치일 뿐이다. 그렇다면 재하는 지금 이난영 변호사에 대해…. 팀장의 생각이 거기까지 미쳤을 때, 재하가 팀장에게 물었다.

"오후에 C5 데이터 관리하는 엔지니어 팀장과 미팅 잡아 주세요."

팀장은 알겠다고 대답하며 내심 망상은 여기까지만 하는 게 좋겠다고 생각했다. 잠시나마 재하가 난영에게 사적인 마음을 품고 있으리라 생각한 게 바보같이 느껴졌다. 그간 신재하 대표가 만나 온 애인들이 모두 똑똑하고 싸가지 없는 타입의 여자는 맞았다. 그러나 아무리 그렇다 해도 대표와 이난영 변호사를 엮는 건 무리였다. 두 사람은 결코 어울리지 않는 조합이었다.

*

"첨부터 내를 속일라 칸 깁니꺼? 또 나한테 구라 친 거 있으믄 퍼뜩 다 말해 보소!"

난영의 법률사무소. 흥분한 난영과 달리 신 의료정의 연대의 간사 백서현은 꽤나 의기소침해진 모습이었다.

"변호사님은 인간 변호사시잖아요. 제가 솔직하게 말씀드리면… 분명히 오해할 거라고 생각했어요."

백서현이 변명이랍시고 내놓은 대답에 난영의 미간이 더 심하게 구겨졌다.

"내가 인간 변호사라 그짓말을 했다꼬예? 지금 내 탓이라 이깁니꺼?"

백서현은 하얗게 질린 얼굴로 손사래를 치기 시작했다.

"제가 JD바이오시스템에 다닌 것은 사실이지만,

왜 꼭 인간이어야 하는데?

그건 이 재판과 상관없는 부분이라고 생각했어요. 오히려 변호사님께서 이 재판을 제 개인적인 문제와 연관 짓는다면, 사건의 본질에 집중하지 못할 것 같아 걱정됐다고요."

"인간 변호사를 믿지 못하는 의뢰인이라면 충분히 했을 법한 생각이네요."

C5가 끼어들어 백서현을 두둔했다. 난영은 입 닥치고 가만히 있으라는 듯 날카로운 눈빛으로 C5를 노려봤다. 난영도 내심 C5의 말이 틀리지 않다는 걸 알고 있었다. 그러나 백서현의 대답이 머리로는 이해가 갔지만, 감정적으로는 몹시 서운할 수밖에 없었다.

난영은 못마땅한 얼굴로 팔짱을 끼고 앉아 백서현을 바라봤다. 백서현은 난영의 매서운 눈빛에 저절로 어깨가 움츠러들었지만, 그렇다고 선뜻 물러설 생각은 없어 보였다.

"제가 변호사님께 말하지 않은 부분이 있는 건 맞는데요. 법정에서 제가 받은 공격, 그건 반만 맞는 말이라고요."

백서현은 깊은 한숨과 함께 말을 이었다. 자신이 JD바이오시스템에서 연구원으로 재직했던 것은 사실이지만, 퇴직한 것인지 해고된 게 아니라는 것이었다. 난영은 이제 그 말을 누가 믿어 줄 것 같냐며, 자신부터 믿을 수 없다고 비아냥거렸다. 그러자 백서현은 자못 괴롭다는 듯 억울함을 호소했다.

"정말이에요! 해고된 데 앙심을 품은 게 아니고, 내 발로 그만둔 거라고요!"

"그 좋은 회사를 와 스스로 그만두는데예? 시민 단체에 들어가 소송할라꼬예?"

"이런 잘못된 수술을 위해 뇌 임플란트 칩을 개발하는 건 부도덕한 일이란 걸 깨달았으니까요."

"아하- 그동안 암시롱도 안 하고 일만 잘해 왔는데, 어느 날 갑자기 양심의 가책을 느끼가 내부 고발자가 돼볼라 캤다?"

순간 사무실에 정적이 흘렀다. 난영은 계속 백서현의 말을 곧이곧대로 듣지 않았고, 백서현은 난영이 유독 감정적으로 굴고 있음을 깨달았다.

그때 정적을 깨고 C5가 두 사람 사이에 찻잔을 내려놓았다.

"차 한잔하시겠어요?"
"에헤취!"

C5는 재채기를 하는 난영에게 허브티와 함께 휴지를 가져다줬다. 그리고 진정하란 듯이 부드러운 목소리로 얘기했다.

"변호사님, 일단은 간사님 말씀을 끝까지 들어 보시죠."

그제야 난영은 자신이 프로답지 못하게 행동했음을 자각했고, 백서현 역시 난영이 자신을 예전처럼

왜 꼭 인간이어야 하는데?

신뢰하지 못한다는 것을 느꼈다. 백서현은 이렇게 된 이상 모든 걸 솔직하게 고백하고 서로 믿음을 회복하는 것이 최선이라는 사실을 깨달은 것 같았다.

"해고된 데에 앙심을 품은 건 아니지만…. 솔직히 사적인 마음으로 소송을 주도한 건 맞아요. 사실 제 친부가 국지적 기억 소거 수술을 받으려고 했거든요. 저는 그걸 못 하게 막고 싶었어요."

난영이 당황한 얼굴로 백서현에게 되물었다.

"그쪽 아버지가 국지적 기억 소거 수술을 받을라 했다꼬예?"
"낳아 줬다고 다 부모인가요? 그 파렴치한 인간은… 아버지라고 부르기도 아까워요."

백서현은 마음의 준비를 하듯 낮게 심호흡했다. 그리고 난영을 바라보며 떨리는 목소리로 본심을 고백하기 시작했다. 평생 가족을 학대해 온 아버지가 말년에 불치병에 걸리자 모든 안 좋았던 기억을 잊고 평화로운 임종을 맞이하려 한다고, 그런 인간이 마음 편히 죽는 꼴은 절대 볼 수 없다는 것이었다.

"이런 말도 안 되는 수술은 반드시 막아야 해요. 저는 제가 이런 기술을 만들어 내고 있는 줄 몰랐어요. 이렇게 쓰일 줄은 정말 몰랐다고요…."

난영은 울먹이는 백서현을 물끄러미 바라보다 문득 모래를 떠올렸다.

앞으로 내 딸 모래도 나를 이렇게 원망하게 되는 건 아닐까? 지금은 모래가 난영을 걱정해 주고 있지만, 이렇게 따로 떨어져 지내다 보면 언젠가 딸의 마음도 바뀔 수 있는 일이었다. 가장 필요한 순간에 곁에 엄마가 없다면 딸은 과거의 자신처럼, 또 눈앞의 백서현처럼 점차 좌절하고 부모에 대한 원망을 품게 될지도 몰랐다. 난영은 어떻게든 꼭 곁에서 딸의 성장을 함께하고 싶었다. 딸의 미움을 받는 미래는 상상조차 하고 싶지 않았다. 그러려면 이 재판은 반드시 이겨야만 하는데…. 난영은 잡생각을 떨치려는 듯 고개를 흔들었다. 그리고 울먹이는 백서현에게 휴지를 건넸다.

"변호사님한테 이런 얘기까지 하게 될 줄은 정말 몰랐는데…."

백서현은 인간 변호사를 믿지 못했기에 제 멋대로 자신의 신상 정보를 숨긴 게 맞았다. 그러나 동시에 난영에게 이렇게까지 내밀한 본심을 고백하고 싶지도 않았을 것이다. AI에게는 무엇이든 쉽게 말할 수 있다. 그러나 같은 인간에게 자신의 치부와 상처를 고백하는 건 용기가 필요한 일이다. 생각이 거기까지 미치자, 난영은 치솟던 분노가 점차 사그라드는 걸 느낄 수 있었다.

그날 밤, 난영은 잠 못 들고 뒤척이다 결국 프레임

왜 꼭 인간이어야 하는데?

을 꺼내 모래에게 영상 통화를 걸었다. 모래는 며칠 사이 눈에 띄게 수척해져 있었다. 난영은 화들짝 놀라 걱정을 늘어놓았다. 그러나 모래는 자신의 건강보다 난영의 재판에 더 관심이 많아 보였다.

"그년이 엄마를 속인 거잖아! 그년 때문에 결국 엄마만 바보가 됐다고!"
"니 지금 뭐라 캤노?"

흥분한 모래가 험한 말까지 내뱉자 난영이 인상을 찌푸렸다. 난영은 차분하게 그런 말은 쓰지 말라고 모래를 타일렀다. 그러나 모래는 서현에 대한 노골적인 모욕을 거둬들일 의사가 없는 것처럼 보였다.

"그 여자는 엄마를 갖고 놀았는데, 내가 그 정도 말도 못 해?"
"그라 캐도 잘 알지도 몬하는 어른한테 그런 말은 하면 안 되재."
"내가 그년에 대해서 뭘 더 알아야 하는데?"
"고모래! 그만하라 캤다!"

참다못한 난영이 큰 소리를 내자, 모래는 잔뜩 성이 난 얼굴로 고개를 돌렸다.

난영과 모래는 유독 가까운 모녀였던 만큼 친구처럼 편하게 대화하곤 했다. 그래서 난영은 이럴 때만큼은 엄마로서 모래를 따끔하게 훈육해야 한다고 생각했다. 하지만, 결국 한발 물러서서 모래를 달래는 길을 택하고 말았다. 어쩐지 미안한 마음이 들어 모래를 야단칠 수 없었기 때문이다. 모래가 백서현에게 이토록 화를 내는 건 다 엄마인 자신 때문이라는 생각이 들었다. 아닌 척했지만 실은 모래가 난영의 재판에 얼마나 큰 관심을 기울이고 있는지 느껴졌기에, 난영은 더욱 마음이 쓰렸다.

"그래, 엄마가 속은 건 사실이재. 근데 갸도 저 나름대로 그럴 만한 사정이 있었다. 알고 보믄 딱하기도 하고…."

어느새 난영의 마음속엔 자신을 속였던 백서현에 대한 분노보다는 연민이 더 커져 있었다.

C5는 백서현이 난영에게 털어놓은 모든 이야기, 즉 회사를 퇴직한 사실과 그 이유가 부친의 수술 때문이었다는 걸 확인해 줬다. 백서현의 고백이 모두 사실이라면, 난영은 백서현이 부모에게 두 번 상처받지 않도록 자신뿐만 아니라 백서현을 위해서라도 이 가처분 결정을 꼭 받아 주고 싶었다.

"엄마 진짜 바보야? 딱하긴 뭐가 딱하다는… 으흡…."

그때 갑자기 화면 너머 모래가 신음을 참으며 몸을 웅크리는 모습이 보였다. 놀란 난영은 당장 승기를 불러야겠다며 허둥댔다. 그러나 모래는 의연하게 소란 떨지 말라며 난영을 말렸다.

왜 꼭 인간이어야 하는데?

"뭐한다꼬 그걸 쌩으로 참는데? 진통제라도 더 맞아야 되는 거 아이가?"

난영은 아픈 딸을 그저 바라볼 수밖에 없는 상황이 너무 괴로웠다. 프레임 너머 모래는 그저 힘없이 고개를 저었다.

"괜찮아, 참을 수 있어. 나 오늘 엄마한테 꼭 해야 할 말이 있단 말이야…."

모래는 반드시 오늘 난영에게 할 말이 있다며, 그 끔찍한 고통을 참는 길을 택했다. 난영은 나중에 하고 지금은 약을 먹고 쉬라고 말렸지만, 모래는 끝까지 고집을 부렸다. 난영은 너무 속상했지만 결국 이번에도 한발 물러서 모래를 기다렸다.

어린 나이에 낳은 딸이기 때문일까? 난영에게 모래는 딸인 동시에 친구 같은 존재였다. 모래가 예닐곱 살 때쯤 친할머니가 돌아가셨는데, 그때 모래는 처음 '죽음'이란 개념을 인지하고 난영에게 이런 말을 하기도 했다.

"엄마랑 나랑 진짜 친구로 태어났으면 좋았을 텐데. 그럼 엄마가 먼저 죽을 일도 없고, 우리는 오래오래 같이 나이 들 수 있잖아?"

비록 어린아이가 아무것도 모르고 한 말이라지만 난영은 울컥했었다. 모래가 자신을 그렇게 생각해 주고 있다는 게 너무 고맙고 애틋했다.

어릴 때만이 아니었다. 모래는 사춘기가 없다고 느껴질 정도로 난영과 잘 지냈다. 정말이지 단짝 친구 같은 딸이었다. 난영은 모래를 키워 오며, 이 아이가 무서울 만큼 자신과 비슷하다는 걸 느끼곤 했다. 모래는 험한 말은 해도 허튼 말은 하지 않았으며, 주관이 강하고 야무졌다. 난영은 딸이 원하는 것, 바라는 것에는 다 이유가 있다고 생각했기 때문에 가능하면 최대한 존중해 주려 했다. 그것은 남편이 살아 있던 때부터 난영이 지켜 온 육아 원칙이었다.

그런데 지금은 아픈 아이에게 아무것도 해 줄 수 없는 스스로가 한심할 뿐이었다. 대신 아플 수 있다면 백번이고 그 길을 택했을 것이다. 아이가 저 작은 몸으로 그 무서운 고통을 이겨 내는 모습을 보면 가슴이 터져 버릴 것같이 괴로웠다.

잠시 뒤, 극심한 고통은 지나간 듯 모래가 한결 편안해진 얼굴로 난영을 바라봤다.

"엄마…. 나 할 말이 있어."

난영은 뭐든 말만 하라는 듯, 애써 미소 지으며 모래를 바라봤다. 그러나 이어진 딸의 발언은 더없이 충격적이었다.

"뭐라꼬? 니 지금 자살을 하겠단 기가?!"

"자살 아니야. 내 뇌를 클라우드에 이식하겠다고."

자신의 의식은 클라우드에 이식하고 고통뿐인 육

왜 꼭 인간이어야 하는데?

체는 버리겠다는 딸. 모래의 폭탄선언에 난영은 경악을 금치 못했다. 어떤 부모가 자식의 안락사에 선뜻 동의할 수 있겠는가? 지금 이 순간, 난영은 그 어느 때보다 진심으로 이 새로운 기술이 혐오스러웠다.

모래는 인간의 의식을 클라우드에 업로드하는 시스템인 '점프'는 안락사와는 전혀 다른 개념이라고 설명했다.

인간의 두뇌 구조를 정교하게 매핑(mapping)하여 세포 사이의 신호를 수식으로 변환하는 일이 가능해진 것은 이미 한참 전이며, 이제는 뇌 신경세포 사이의 연결성 데이터인 커넥톰 정보를 클라우드의 가상 세계에서 실행하는 것이 가능해졌으니 점프도 절대 사기가 아니라고 엄마를 이해시키기 위해 모래는 최선을 다했다. 그러나 난영은 듣기 싫다는 듯 모래의 말을 끊고 버럭 소리를 질렀다.

"느그 할배가 그리 하라드나? 뇌 임플란트! 그거 순 뻥재이 사기라꼬!"

모래는 생전 처음으로 자신에게 큰 소리를 지르는 난영의 모습에 당황했다. 난영은 모래가 뭐라고 하든 더 들으려 하지도 않았다. 그저 막무가내로 절대 허락할 수 없다고 화를 낼 뿐이었다. 물론 모래도 엄마가 쉽게 허락할 것이라고 생각하지는 않았다. 그러나 이토록 격분하리란 것은 미처 예상 못 했었다.

모래는 숨을 고른 뒤, 다시 차분하게 난영을 설득하기 시작했다. 처음 할아버지가 점프를 제안한 건 맞지만, 결국 자신이 결정한 일이라고 했다. 그러나 침착한 모래와 달리 난영은 너무 놀라 손까지 바들바들 떨고 있었다. 난영은 승기가 투자한 기술과 발전한 이 사회의 모든 면모가 치가 떨릴 만큼 싫었다. 국지적 기억 소거 수술뿐만이 아니었다. 지금 모래가 말하는 점프든 무엇이든, 난영에게 있어 고도로 발전한 기술은 인간을 더욱 불행하게 만들 뿐이었다.

지금껏 난영은 사치스러운 기술의 남용으로 벌어지는 수많은 사건을 목격했다. 난영이 보고 겪은 재판은 현란한 광고를 통해 홍보하는 신기술이 장밋빛 미래를 보장하지 않는다는 것을 증명하고 있었다. 기술의 이면에는 늘 고통받는 인간이 존재했다. 자본가들은 국민들이 생체칩을 이식하면 건강검진을 받지 않아도 위험한 질병을 예방할 수 있다고 했지만, 그 성공 신화에는 생체 정보가 유출돼 피해를 본 사람들의 사례는 반영되지 않았다. '잊고 싶은 기억은 깔끔하게 지우고 살아갈 수 있다', '육체가 불편하다면 의식을 업로드할 수 있다'는 달콤한 유혹 역시 난영이 보기에는 끔찍한 거짓말이나 다름없었다.

유혹적인 기술은 그 기술로 인해 피해를 볼 사람들은 고려하지 않았다. 당장 지금만 해도 그들의 욕망이 빚어낸 불필요한 기술 때문에, 백서현과 난영

왜 꼭 인간이어야 하는데?

같은 무고한 사람들이 고통받고 있지 않은가? 이것은 기술을 소유한 자본가만 돈을 벌고 권력을 얻는 게임이었다. 자본가들은 신기술이 세상을 어떻게 바꿔 놓을지 몰랐고, 관심도 없었다. 그저 더 큰 부를 축적하는 것만이 목표였다.

난영은 인간 변호사를 하겠다고 처음 결심했을 때를 생각했다. 앞선 기술을 활용하지 못하는 사람들, 기술로 돈을 벌 수 없는 사람들, 섣불리 덤벼들었다 피해를 본 사람들을 대변하겠다고. 이 지옥을 해결하는 데에 미약한 걸음이나마 보탬이 되고 싶었다. 그러나 자신이 그런 고상한 명분을 좇을 때, 딸이 이 난장판 속에서 허우적대고 있을 줄은 꿈에도 생각 못 했었다.

"안 된다! 죽어도 엄마는 허락 몬 한다! 와 하나만 알고 둘은 모르나? 그거이 인간 되길 포기하는 기라꼬!"

이렇게 화를 내는 엄마의 모습은 처음이었다. 모래는 자신의 말은 들을 생각도 없이 흥분해서 화만 내는 엄마가 답답했다. 결국 모래도 침착함을 잃고 마음에 있던 말을 그대로 쏟아 내고 말았다.

"인간이 그렇게 중요해? 엄마는 왜 꼭 인간 변호사를 해야 하는 건데? 내가 인간의 몸을 가져야만 하는 이유가 뭔데!"

난영은 모래의 날카로운 질문 세례를 그대로 받아 내며, 차마 어떤 대답도 할 수 없었다. 인간이 그렇게 가치 있냐고, 내가 이 끔찍한 고통을 이겨 낼 만큼 대단한 것이냐고 묻는 딸에게 난영이 뭐라고 대답할 수 있겠는가? 인간은… 그저 인간이기에 중요한 것 아닌가?

급기야 난영은 울먹이며 막무가내로 애원하기 시작했다.

"니가 클라우드로 이식되믄, 그람, 나는 인자 니를 우예 안아 주노? 손을 잡아 줄 수도, 눈을 보믄서 쓰다듬어 줄 수도 없는 거 아이가?"
"그럼 엄마도 아이디를 받아서 점프하면 돼. 점프 스페이스에서 내 아바타를 찾으면…"
"치아라! 아바타가 인간이가? 그건 진짜가 아이라꼬!"

난영은 이 어린애가 얼마나 고통스러웠으면 이런 생각까지 했을까 싶어 가슴이 미어졌다. 그러나 한편으로는 자신이 곁에 없는 동안, 승기가 손녀까지 위험한 사업으로 끌어들인 건가 싶어 분노가 치밀기도 했다.

무엇보다 지금 난영이 가장 견딜 수 없는 건, 프레임 너머에서 상처받은 얼굴로 자신을 바라보고 있는 모래의 눈빛이었다. 모래는 원망을 가득 담은 목소리로 난영에게 말했다.

왜 꼭 인간이어야 하는데?

"엄마는 너무 이기적이야. 엄마는 너무⋯ 촌스러워."

이미 너무 늦은 걸까? 난영은 백서현과 그 부친이 그랬듯 모래와 자신의 관계가 어긋나 버리는 건 아닐까 두려웠다. 난영이 가장 피하고 싶던 그 미래는 예상보다 빨리 도착한 건지도 몰랐다.

딸은 난영과 떨어져 지내는 동안 결국 승기와 같은 사고방식에 잠식되고 말았다. 난영은 이 모든 게 인과응보처럼 느껴졌다. 딸이 이런 극단적인 방법까지 생각하게 된 건, 그 고통스러운 시간 동안 엄마가 곁에 없었기 때문은 아닐까? 난영은 불행을 이유로 술에 의존했던 과거를 깊이 후회했다. 이 모든 게 딸을 제대로 보살피지 못해 양육권을 빼앗긴 자신의 탓인 것만 같아 괴로웠다.

결국 밤새 잠들지 못하고 뒤척이다가 새벽부터 일찍 집을 나섰다. 정처 없이 걷다가 고개를 들어 보니 어느새 낙원동 법률사무소 앞이었다.

난영은 본능적으로 느끼고 있었던 것이다. 이 재판에서 지면 끝이라는 것을. 다시 모래를 곁으로 데려오기 위해서는 반드시 이 재판에서 승소해야만 했다.

"국지적 기억 소거 수술이 국민 건강에 억시로 위협이 된다는 거, 그거를 입증할 근거가 필요해, 아주 강력한 근거 말이다."

C5와 마주 앉은 난영이 멍하니 중얼댔다. 상대는 난영이 인간 변호사라는 점을 적극적으로 이용하고 있었다. 그렇다면 난영 역시 자극적인 변론 전략을 강구해야 하는 건 아닐까? 난영은 복잡한 마음 때문인지 두서없이 생각나는 대로 말을 쏟아 내기 시작했다. C5는 오랜 시간 동안 묵묵히 난영의 말을 들어 주었다.

어느새 새벽의 어둠이 가시고, 아침 햇살이 창을 통해 들어왔다.

그제야 난영이 마구잡이로 쏟아 내던 말을 멈추고 고개를 들어 창밖을 바라봤다. 여전히 불안했지만 그래도 좀 전보다는 한결 나아진 기분이었다. 역시 얘기를 나눌 상대가 있어서 다행이었다. 그러다 문득 그 상대가 안드로이드라는 것을 깨닫자 다시 재채기가 튀어나왔다.

"에취!"

C5는 익숙한 손길로 난영에게 휴지를 건네주며 말했다. 시민 단체가 공익을 목적으로 주도한 여러 재판을 살펴봤는데, 승소한 재판들은 대부분 국민 배심원들의 공포와 불안을 자극하는 방법을 택했다는 것이었다.

"국민의 행복추구권, 건강권, 양심의 자유권, 재산권 등을 보호하겠다는 명분은 합리적이죠. 단, 그

왜 꼭 인간이어야 하는데?

선한 명분을 사수하기 위한 방법까지 마냥 올바른 건 아니었어요. 좀 더 독한 전략을 찾아볼 필요가 있겠어요. 우리는 P병원뿐만 아니라 뒤에서 주시하고 있는 정부까지 상대해야 하잖아요."

C5는 난영이 국민 배심원제 안에서 승소하기 위해선 국민감정에 직접적으로 호소할 수 있는 스토리를 새로 짤 필요가 있다고 말했다.

난영은 C5가 보내 준 법령과 판례가 정리된 자료를 확인했다. 대충 보아도 참고할 만한 판례가 많았다.

보통 의료사고나 산업재해 등으로 피해를 본 원고를 대리하거나, 이번 재판처럼 대형 병원을 상대로 하는 싸움은 어려울 수밖에 없었다. 채무자 P병원처럼 소송을 당한 당사자는 상대 측보다 전문 지식 및 정보를 훨씬 많이 갖고 있었다. 기업의 기밀로 취급되어 일반인은 쉽게 접근할 수 없는 정보였다. 당연히 이 핵심 정보는 기업에서 일방적으로 은폐하기도 매우 용이했다. 따라서 피해자들은 소송에서 매우 불리한 처지에 놓일 수밖에 없는 것이 현실이었다.

아마 P병원도 국지적 기억 소거 수술의 부작용을 이미 인지하고 있었을 것이다. 그러나 불리한 증거는 쏙 빼고, 난영이 제출한 것보다 수백 배는 많은 분량으로 병원에 유리한 전문가 의견서만 법정에 제시할 게 뻔했다. 게다가 C5의 말처럼 세계 1위의 의료 기술을 보유했다는 점을 중요하게 여기는 우리 정부 역시 P병원에 유리한 지형을 제공하리라고 예상됐다.

"안 그래도 걱정이 돼서 계속 P병원 측의 움직임을 살펴보고 있었는데요. 그쪽 관계자가 보건복지부와 접촉하고 있는 것 같아요. 이 정보를 빠르게 언론에 터뜨리는 방법은 어떨까요?"

"그거 좋네! 퍼뜩 움직여 봐라. 보건복지부에서 먼저 국지적 기억 소거 수술은 위험성이 없다꼬 발표라도 한다 카믄 큰일 나는 기다. 그 재수 없는 안드로이드 변호사 놈이 공신력 있는 정부의 입장이라 카믄서 의기양양하게 뻗댈 게 눈에 휜하다."

C5는 빠르게 설득력 있는 보도를 해 줄 언론사를 찾아 접촉해 보겠다고 대답했다. 난영은 무심하게 고개를 끄덕였지만, 내심 C5의 도움이 더없이 반가웠다.

사실 이렇게 기울어진 재판을 준비하는 난영에게 C5의 존재는 꽤나 큰 의지가 되었다. 그러나 고마운 마음을 솔직하게 인정하고 싶지 않았다. 지금 눈앞에서 난영에게 부드럽게 눈을 맞추고 있는 저 안드로이드야말로 난영이 혐오하는 기술의 총체라고 해도 과언이 아니지 않은가?

"에헤춰!"

난영은 콧물을 닦으며 은근슬쩍 C5의 눈을 피했다.

왜 꼭 인간이어야 하는데?

C5의 여유로운 미소와 확신에 찬 목소리는 마치 이것이 승산 있는 싸움이라는 착각이 들 만큼 믿음직스러웠고, 난영은 그것이 못마땅했다.

그날 이후로, 난영은 그야말로 미친 듯이 일에 몰두했다. 다음 재판까지 시간이 얼마 남지 않았다는 사실은 난영을 더욱 초조하게 만들었다. 하지만 잔인한 현실은 난영이 일에만 몰두하게끔 가만히 내버려두지 않았다.

"로펌 안단테의 관계자는 그간 AI에 잠식되어 있던 법조계에 인간 변호사가 신선한 파란을 일으킬 거라고 전해 왔습니다. 하지만 이난영 인간 변호사를 바라보는 세간의 시선은 싸늘하기만 한데요. 이난영 변호사는 투자회사 URK 고승기 회장의 맏며느리로서…."

언론은 테크노포비아 난영에 대해 다루는 수많은 가십 기사를 쏟아 냈다. 이미 유명한 가족을 두었던 난영은 사람들이 좋아할 화젯거리가 되어 줬고, 의도치 않은 유명세를 치르게 되었다. 공공장소에서 얼굴도 모르는 사람들이 난영에 대해 수군거렸고, 난영의 프레임을 해킹한 사람들은 조롱과 멸시를 담은 메시지를 쏟아부었다.

난영이 재판을 준비하는 것만으로도 벅차하자 C5는 사무장의 일을 넘어서 사적인 일까지 처리해 주기 시작했다. C5는 난영에게 닥친 모든 문제를 해결해 주는 믿음직한 해결사처럼 보였다. 각종 일상적인 도움과 업무적인 조력뿐만이 아니었다. C5는 메모리 이레이징 서저리 피해자 모임에 가던 날에는 난영을 대신해 드론이 투척한 날달걀을 맞기까지 했다.

"보안 시스템을 다시 손봤으니까 걱정 안 해도 될 거예요. 경찰에도 의뢰해 놨으니 곧 변호사님 프레임을 해킹한 사람들도 모두 처벌할 수 있을 겁니다."

"만다꼬 경찰까지 부르노? 괜히 시끄러븐 일 만들어가 좋을 거 읎다. 재판이 우선이재. 남 일에 관심 많은 놈들은 가만두믄 알아서 사라질 기다."

"괜찮다면 제가 비상시에 변호사님의 프레임에 접근할 수 있게 보안을 해제해 주시겠어요?"

이쯤 되니 난영도 C5에게 고맙고 미안한 마음이 들 때가 적지 않았다. 그럴 때마다 난영은 마음을 다잡았다. 결국 모든 건 법률 보조 안드로이드의 업무일 뿐이니, 괜히 그를 인간처럼 느끼며 행동 하나하나에 의미부여할 필요는 없었다.

C5는 난영을 대신해 수술 피해자들 중 설득력 있는 증언을 해 줄 만한 사람을 추려 내고, 국지적 기억 소거 수술의 원리를 쉽게 설명한 질 좋은 논문을 찾아 주었다. C5가 없었다면 혼자 한참 동안 골머리를 앓았어야 할 일이었다. 난영은 단숨에 엄청난 양

왜 꼭 인간이어야 하는데?

의 정보를 효율적으로 처리해 내는 인공지능의 능력에 경이로움과 동시에 공포를 느꼈다.

C5의 능력은 그뿐만이 아니었다. C5는 법정에서 채권자 측에 유리한 증언을 해 줄 적합한 전문가를 섭외했고, 동시에 난영의 일상까지 섬세하게 챙겼다. 그러나 난영은 그런 C5에게 고맙다는 인사조차 하지 않았다. 오히려 그의 극진한 배려에다 대고 쓸데없는 짓 하지 말라며 선을 그어 버렸다.

난영은 자신을 극진히 도와주는 C5에게 고마운 마음도 갖지 않으려 했고, 인간을 넘어서는 무서운 능력이 소름 끼친다는 생각도 하지 않으려 노력했다. 그저 C5를 이용해 주어진 미션만 해결하면 될 일이었다. 난영은 이럴 때일수록 얼굴도 모르는 사람들의 평가에 휘둘리지 않고, 사사로운 감정에 빠져 허우적대지 말아야 한다고 생각했다. 그러려면 자신부터 마음을 단단하게 다잡아야 한다. 그래야 모래도 지킬 수 있을 테니까.

평일은 물론이고 주말까지 난영은 사건에 매달렸다. 모래와의 만남은 법적으로 제한되어 있었고, 지난번에 다툰 뒤로는 예전처럼 통화도 쉽지 않았다. 결국 일에 더 열중하는 것밖에는 불안함과 괴로움을 달랠 방법이 없었다.

엉망으로 어질러진 어두운 집에서 난영은 프레임

만 들여다보았다. 난영의 프레임에는 어느 농부 조합이 신청한 '인공 강수기 사용 금지 가처분 재판'이 재생되고 있었다. 이미 여러 번 보았던 영상이었으나 혹시 놓친 게 있을까 싶어 다시 주의를 기울이는 중이었다.

그때였다. 인공 강수기로 피해를 본 농가를 대변하던 안드로이드 변호사의 얼굴이 일그러지더니, 돌연 거기에 딸 모래의 얼굴이 입혀졌다.

난영은 자신이 잘못 본 것인가 싶어 눈을 부비고 다시 영상을 확인했다. 모래가 맞았다. 어느새 변호사석에 있던 안드로이드 변호사는 사라지고, 그 자리에는 휠체어에 앉은 모래가 있었다. 모래가 난영에게 말했다.

"결국 난 죽어 버릴 거야. 내가 아파 죽어 간대도 엄마는 날 AI 의사한테 데려가지 않을 거잖아. 엄마는 비열한 테크노포비아니까."

난영은 악몽이라도 꾸는 건가 싶어 세차게 고개를 흔들었다. 그러나 꿈이 아니었다. 팔을 꼬집어도 모래는 사라지지 않았다. 되레 프레임에서 튀어나온 모래가 난영 주위에 3차원 홀로그램으로 펼쳐졌다.

홀로그램 속 모래는 피를 흘리며 고통스러워하고, 잔인하게 폭행당한 모습으로 비명을 지르기도 했으며, 급기야 애니메이션 캐릭터처럼 가루가 되

왜 꼭 인간이어야 하는데?

어 산산이 부서졌다.

"으아악!"

난영의 입에서 비명이 튀어나왔다. 속수무책이었
다. 프레임을 종료하려고 해 봤지만, 명령어가 충돌
해 시스템을 종료할 수 없다는 알람만 뜰 뿐 지옥
같은 장면은 사라지지 않았다. 난영은 바들바들 떨
며 귀를 틀어막고 비명을 질러 대기 시작했다. 누군
가 난영의 프레임을 해킹해 고통을 주고 싶었다면
더없이 탁월한 방법이었다. 난영은 비명으로 악몽
을 지우기라도 하겠다는 듯, 목이 쉴 때까지 소리를
질렀다.

물론 난영도 알고 있었다. 프레임을 해킹한 이들
이 악성 바이러스를 심은 것일 뿐, 현실이 아니라는
것을. 그러나 가뜩이나 심신이 쇠약해져 있던 난영
은 도무지 이성적으로 대처할 수 없었다.

얼마나 시간이 지났을까? 결국 실신해 버린 난영
의 이마에 부드러운 천이 닿았다.

흠칫 놀라 고개를 드니 C5의 걱정스러운 얼굴이
보였다.

C5는 난영의 이마에 맺힌 식은땀을 훔치고 있었
다. 그리고 다정한 목소리로 난영에게 말했다.

"괜찮아요. 이제 다 끝났어요."

난영이 멍하니 C5를 바라봤다. 이것마저 꿈인가 싶은 얼굴이었다.

C5는 뒤늦게 난영의 프레임이 해킹을 당했다는 사실을 알게 됐는데, 연락이 닿지 않자 어쩔 수 없이 집으로 찾아왔다고 말했다. 허락 없이 비상 모드를 작동해서 죄송하다고 사과하는 C5의 말을 자르고, 난영이 떨리는 목소리로 말했다.

"고맙데이, 진짜 참말로… 고맙다…."

난영은 C5의 팔을 붙잡은 채 저도 모르게 울컥해서 말을 잇지 못했다. C5는 흐느끼는 난영의 어깨를 말없이 다독여 주었다.

난영은 그간 꾸준히 되뇌어 왔었다. 이 안드로이드에게 고마움이든 무엇이든 그 어떤 감정도 느낄 필요가 없다고, 그건 인간이 인공 디바이스를 지나치게 의인화하는 것뿐이라고. 그러나 이 순간, 난영은 자신의 진심을 외면하고 싶지는 않았다.

아이러니한 건 지금 난영은 C5가 인간이 아니라서 다행이라고 생각했다는 것이다. C5가 자신에게 베푼 도움이, 위로가 모두 진심이 아니라는 사실이 역설적으로 큰 위안이 되었다. 지금 난영에게는 생물학적 인간들이 보여 준 저 생생한 적의보다 C5의 기계적인 다정함이 더 소중했다.

왜 꼭 인간이어야 하는데?

"기존의 기계 학습 방식의 한계를 극복하는 성과가 있었습니다. 아무래도 안드로이드 변호사로서 일할 때 마주하지 못했던 문제에 봉착하다 보니, 해결 방안을 찾는 과정에서 새로운 자극이 유입될 수 있는 것 같습니다."

다음 날 아침, 로펌 안단테의 회의실. 로펌의 경영 기획팀 수석 엔지니어는 난영과 함께 일하는 C5의 데이터에서 추출한 자료를 보여 주며, 재하를 비롯한 로펌의 중책들 앞에서 브리핑을 이어 갔다.

사실 C5는 안단테에서 사용하는 수많은 안드로이드 변호사들과 같은 알고리즘으로 개발된 법률 보조 AI였다. 그러나 언젠가부터 안단테의 법률 보조 AI들은 저마다 뚜렷한 한계를 드러내고 있었다.

그간 안드로이드 변호사들은 사람이 구축해 놓은 법학을 바탕으로 구체적인 판례나 인간 변호사가 남겨 놓은 자문과 서면, 송무 기록 등을 학습하는 방식으로 발전해 왔다. 물론 이렇게 사람이 전문직을 독점하고 있다가 점차 AI에게 넘어가는 과도기에는 개별적인 전문 지식을 지닌 인간이 직접 AI에게 그들의 지식을 전수하기도 했었다. 안드로이드 변호사 역시 마찬가지였다. 그들은 현직에서 직업 변호사로 일하는 사람들로부터 경험적이고 선험적인 지식을 받아 학습했다.

이처럼 각 분야의 전문 인력 중 AI의 성장을 돕는 인간들을 '페이스메이커'라고 불렀다. 법률 보조 AI에게 학습 데이터를 제공하는 페이스메이커들은 법률이 정한 범위 안에서 충분한 보상을 받았다. 그러나 마침내 법조 인력이 안드로이드로 대부분 대체되어 버리자 더 이상 법률 보조 AI는 현장에서 일하고 있는 인간 변호사로부터 새로운 경험을 학습할 수 없었다. 규격화된 데이터셋을 통해 꾸준히 학습했지만, 기계 학습은 한계가 있었다. 안드로이드 변호사의 성장은 눈에 띄게 더뎌졌다.

한때는 AI가 인간의 노동력을 대체하는 미래를 유토피아로 예상했던 사람도 있었다. 사업자는 매달 근로자에게 지불할 고용 비용을 대폭 아낄 수 있고, 소비자는 보다 저렴한 값에 고급 서비스를 제공받을 수 있을 거라는 안일한 전망이었다. 그러나 막상 껍질을 벗겨 보니 실상은 달랐다.

각 로펌에서 안드로이드 변호사를 학습시킬 데이터는 귀했고, 전문 업체에서 만든 데이터를 주입해 AI를 계속 성장시키는 데에는 꽤 큰 비용이 들었다. 소비자 역시 안드로이드 법조인 도입 초기에 비해 갈수록 비싸지는 안드로이드 변호사 수임료로 인해 곤혹스럽긴 마찬가지였다. 계급 격차가 '유전무죄 무전유죄'를 만들고 있다는 비난 여론이 생겨나기

왜 꼭 인간이어야 하는데?

도 했다. 그러나 이제 와서 시스템을 다시 바꾸기도 쉽지 않은 일이었다.

안단테 역시 사정이 어렵긴 마찬가지였다. 안단테가 경쟁 로펌을 상대할 만큼 뛰어난 안드로이드 변호사를 보유하는 건 쉬운 일이 아니었다. 그때 곤란한 처지에 놓여 있던 안단테에 터닝 포인트를 마련해 준 사람이 바로 난영이었다.

"프로그램 업데이트, 그게 다 돈 드는 거 아입니꺼? 안단테 같은 대형 로펌은 돈 안 되는 사건에는 투자할 생각이 눈꼽만큼도 없다꼬예. 이 문디 깡통 안드로이드하고 재판에 간대도 절대 몬 이긴단 깁니더!"

난영이 마 여사에게 이렇게 쏘아붙이는 모습을 본 순간, 재하는 정곡을 찔렀다고 생각했다. 아니나 다를까 SNS로 퍼진 영상은 순식간에 밈이 되어 버렸고, 눈 밝은 대중들은 난영의 이런 발언이 꽤 통쾌하다고 느끼는 듯했다.

이런 평가가 대세가 된다면 큰일이다. 재하는 본능적으로 리스크 관리가 필요하다고 생각했다. 그래서 로펌의 명예를 훼손하는 허위사실을 유포했으니 난영을 고소하겠다고 강력하게 대처했던 것이다. 그런데 송무팀 팀장이 난영이 재하를 만나고 싶어 한다는 소식을 전한 날, 마침 재하는 엔지니어팀으로부터 놀라운 소식을 듣게 됐다.

대폿집에서 난영과 마주쳤던 안드로이드 변호사의 코어 데이터에 유의미한 균열이 생겨났다는 것이었다. 난영과 논쟁을 주고받던 안드로이드 변호사는 그간 침범당하지 않았던 영역에 긍정적인 자극을 받았다. 그 때문에 규격화된 학습용 데이터를 이용해 교육시키지 않았는데도, 그 균열이 AI의 기능 향상에 획기적인 영향을 끼쳤던 것이었다.

　　엔지니어팀과 재하 모두 법률 보조 AI의 가시적인 성장에 경악을 금치 못했다. 근래 들어 안드로이드 변호사들은 인간 변호사를 상대할 일이 없었다. 그간 그들의 상대는 대개 안드로이드 검사이거나 같은 안드로이드 변호사였다. 그래서 같은 직업을 가진 인간과의 교류가 안드로이드 변호사의 지능을 이토록 놀랍게 성장시킬 수 있음을 몰랐던 것이었다.

　　재하는 이것은 기회라고 생각했고, 안드로이드 변호사를 학습시키는 데에 인간 변호사 이난영을 이용해 보기로 결정했다.

　　재하는 대폿집에서 난영과 부딪쳤던 안드로이드 변호사의 데이터를 바탕으로 C5의 인공두뇌를 구성했다. 그리고 하드웨어는 누가 봐도 호감을 느낄 만한 미남 청년의 모습으로 세팅했다. 거기에 난영의 호감을 얻을 만한 요소를 적당히 녹여 넣기도 했다. C5의 느긋한 태도, 불량한 문신, 저음의 목소리, 과하지 않은 다정함 모두 난영의 취향이 반영된 결

왜 꼭 인간이어야 하는데?

과였다. 테크노포비아로 알려진 난영이 C5에게 계속 적대적으로 군다면 원하는 결과를 얻기 한층 어려울 테니까.

재하는 이 모든 사항에 대해 극비 보안을 지시했다. 난영을 데려온 송무팀 팀장에게마저 구체적인 이유는 밝히지 않은 채 난영을 스카우트한 것도 그 때문이었다.

그간 송무팀 팀장은 재하가 이례적으로 인간 변호사 이난영을 채용하고, 거물 투자자 승기의 압력에도 끝까지 보호하는 이유를 알 수 없어 의아했다. 그러나 사실은 모든 것이 사업가의 치밀한 계산일 뿐이었다.

"흥미롭네요. 벌써 이 정도라면 아마 곧 새로운 사업 모델을 제시할 수도 있을 것 같습니다. 꾸준히 모니터하고, 특별히 보안에 유의해 주세요."

재하가 엔지니어 팀장에게 지시했다. 엔지니어 팀장은 자신도 기대가 된다며, C5와 난영을 한 세트로 묶은 건 탁월한 선택이었다고 입에 발린 소리를 늘어놓았다. 눈살이 찌푸려지는 노골적인 아부였지만 사실 기대가 되는 건 재하도 마찬가지였다.

이러다 혹시 이난영 변호사와 C5가 정말 가처분 재판에서 승소하는 건 아닐까? 재하는 그런 이변이 벌어지길 내심 고대했다. 누가 아는가? 인간 변호사 이난영과 AI 사무장 C5가 셜록과 왓슨을 잇는 최고의 듀오가 될지도.

*

정원 가득한 푸른 식물들은 보는 사람까지 기분 좋게 만들었다. 그러나 정작 식물에 물을 주고 있는 승기는 수심이 가득한 얼굴이었다.

요즘 승기는 내심 불안한 마음에 잠을 설치는 나날이 길어지고 있었다. 난영이 정말 이 가처분 재판에서 승소하고 로펌의 정식 변호사로 채용될까 염려되었기 때문이다. 물론 첫 재판에서 난영은 보기 좋게 물을 먹었고, 결국 승소할 가능성도 아주 낮은 사건이었다. 그럼에도 승기는 이상하게 마음이 편치 않았다.

신재하 대표가 자신의 제안을 거절한 건 정말이지 뜻밖이었다. 승기의 투자회사와 계열사까지 전부 고객으로 유치한다면 엄청난 이득이 될 텐데 그깟 이난영이 뭐라고 자신의 제안을 거절한다는 말인가? 법조인의 알량한 양심 때문인가? 그래 봤자 본인 역시 지금은 AI 변호사만 부리고 있는 사업가 아닌가?

사업가로서 본분을 자각하지 못하는 재하가 우스웠다. 승기는 신재하 대표가 무슨 속셈으로 이 제안을 거절한 건지 알아보라고 비서실에 지시했다. 재하가 제안을 승낙했다면 깔끔하게 해결될 문제였다. 일이 잘 풀리지 않았다고 보란 듯이 나서서 재하에게 더 강한 압력을 넣는다든지, 대놓고 난영의 재

왜 꼭 인간이어야 하는데?

판을 훼방 놓기에는 영 체면이 상했다.

첫 재판에서 곤욕을 치른 난영을 보며 승기는 저만하면 고집 센 난영도 마음을 고쳐먹었을 것이라고 생각했다. 그래서 난영을 불러 이제 그만 재판을 포기하라고 회유하기도 했다. 재판 때문에 죽은 아들의 일이 또다시 대중의 입방아에 오르내리자 견딜 수 없이 고통스러웠다. 그러나 난영은 여전히 되바라진 태도로 승기의 제안을 거절했다.

"재판은 절대 포기 몬 합니더. 이따위 기술은 인간을 더 불행하게, 더 가난하게 만들 뿐이니까예."

한술 더 떠 난영은 거기에 참을 수 없는 모욕을 덧붙이기까지 했다. 승기가 부유층의 헬스 케어 기술에 관심이 많으며, 이 사건의 채무자인 메모리 이레이징 서저리 전문 병원에 거액을 투자한 사실도 이미 알고 있다며 건방을 떨었다.

"아버님의 투자 이익에 반한다꼬 지가 사건을 포기할 순 없다 아입니꺼?"

난영의 도발에 줄곧 교양 있는 태도를 유지하던 승기도 결국 감정이 폭발하고 말았다. 승기는 자신이 재판을 포기하라고 한 건 그깟 투자금 때문이 아니라고 버럭 소리를 질렀다.

"아직도 모르겠니? 네 그런 덜떨어진 사고방식 자체가 잘못됐단 거야!"

"아니예. 지 생각은 다릅니다. 불행한 인간이 있다 카믄 그 기술은 스톱되는 기 맞십니다. 두고 보이소. 지는 이 가처분 결정 반드시 받아 낼 기니까예."

승기는 두 눈을 부릅뜨고 자신을 노려보던 난영의 눈빛을 떠올렸다. 그 안에 담긴 강렬한 의지와 열망을 보았기에 더 마음이 스산했다. 물론 난영이 재판에서 이기고 안단테의 정식 변호사로 채용될 확률이 극히 희박하다는 건 알았지만, 그 일말의 가능성이 자꾸만 승기를 괴롭혔다.

무엇보다 겨우 설득해 낸 손녀딸 모래의 마음마저 돌아서는 일은 반드시 막아야 했다. 아들이 허망하게 세상을 떠난 이후, 모래는 유일하게 남은 승기의 소중한 핏줄이었다. 승기는 모래가 제 엄마처럼 시대에 뒤떨어지는 사람이 되길 바라지 않았다. 승기는 물밑에서 은밀하게 행동했다. 난영의 승소를 막을 수 있는 모든 수단을 동원하기로 했다. 과격한 방법이라도 상관없었다.

"무슨 수를 쓰든 재판 전에 지가 알아서 나가떨어지게 만들어. 할 수 있겠나?"

승기의 지시를 받은 비서실은 사람들을 매수해 여론을 선동했고, 난영에게 물리적이고 정신적인 테러를 감행했다. 난영의 프레임을 해킹해 모래가 죽어 가는 모습을 연출한 비열한 짓도 그 업무 중 하나였다.

왜 꼭 인간이어야 하는데?

누군가는 승기를 가리켜 시대를 이끄는 리더라고 했고, 누구는 교활한 여우라고 했으며, 누구는 존경할 만한 어른이라 했고, 누군가는 잔인한 사업가라고 했다. 그러나 모래 앞에 선 승기는 그저 손녀를 끔찍하게 아끼는 평범한 할아버지일 뿐이었다.

"우리 공주, 불편한 건 없었고? 요즘 점프할 때 어지럼증은 어때?"

"적응이 됐나 봐. 이제는 구역질도 안 나요."

승기는 기특하다는 듯 다정한 손길로 모래의 머리를 쓰다듬어 줬다.

모래에게 처음 점프를 권유하던 날, 승기는 얼마나 긴장했는지 토악질까지 했다. 그러나 걱정과 달리 손녀는 답답한 제 엄마와는 달랐다. 모래는 승기의 의도를 오해하지 않았다. 처음엔 망설이고 두려워했지만 한번 테스트를 받아 보겠냐는 승기의 제안은 어렵지 않게 받아들였다.

막상 점프를 해 본 아이는 빠르게 적응했다. 어릴 때부터 몸이 약해 제대로 뛰어 본 적조차 없던 아이였다. 그런 아이가 점프를 해서 느낀 자유가 얼마나 달콤했겠는가? 승기는 역시 손녀만큼은 우리 집안 핏줄이기에 새로운 도전을 겁내지 않는다고 생각했다. 내심 뿌듯한 마음까지 느낄 정도였다.

"좋다고 너무 오래 머무르면 안 되는 거 알지? 마인드가 온전하게 업로드되기 전까진 위험해. 조금씩 시간을 늘려 가야 돼."

"알아요. 잔소리는."

승기는 장난스럽게 웃는 모래를 물끄러미 바라
봤다.

"점프 개발이 몇 년만 빨랐어도 좋았을 텐데….
그치?"

승기의 눈에는 회한이 가득했다. 똘똘한 모래는
할아버지가 돌아가신 아빠를 그리워하고 있다는 걸
알았다.

어느 날 돌연 추락 사고를 당해 병원으로 실려 온
모래의 아빠는 응급 수술을 마친 뒤 며칠간 중환자
실에 입원해 있었다. 할아버지는 그때 아빠의 의식
을 클라우드에 업로드했다면 모든 게 달라졌으리라
생각하는 것 같았다. 모래는 아빠를, 승기는 아들을
다시 만날 수 있었을 테니까.

"대신 나는 오래 할아버지를 볼 수 있잖아."

모래는 넌지시 위로의 말을 건넸고, 승기는 빙그
레 미소 지었다.

"엄마하고는 얘기해 봤니?"

승기가 난영의 얘기를 꺼내자 모래의 얼굴이 눈
에 띄게 굳어졌다.

"아뇨. 엄마 요즘 바쁘잖아. 나중에 말해 보려고요."

왜 꼭 인간이어야 하는데?

모래는 거짓말을 했다. 점프를 하겠다는 모래의 결심을 들은 난영은 무작정 화만 냈다. 그러나 모래는 그 사실을 할아버지에게 알리고 싶지는 않았다. 그럼 할아버지는 분명 엄마의 구닥다리 마인드를 비웃을 것이고 더 증오하게 될 게 뻔했으니까. 모래는 점프를 허락해 주지 않는 엄마가 원망스러웠지만, 그렇다고 이대로 계속 엄마가 할아버지한테 미움받는 걸 원하는 것도 아니었다.

어릴 때부터 모래에게 엄마는 안타까운 사람이었다. 몸이 약한 모래는 늘 엄마의 도움이 필요할 수밖에 없었는데, 그 와중에도 할아버지는 모래를 돌보는 문제 등으로 사사건건 트집을 잡으며 엄마를 야단쳤다. 다행히 아빠는 섬세하고 다정한 분이었지만 그만큼 예민한 사람이기도 했다.

어린 모래의 눈에도 엄마가 힘에 겨워 허덕이는 것이 빤히 보였다. 그러나 엄마는 모래 앞에서 한 번도 힘든 내색을 하지 않았다. 오히려 늘 유쾌한 농담을 건넸고, 그럴 때면 모래도 엄마와 함께 웃었다. 엄마는 딸이 웃어 주길 바라고 있다는 걸 알고 있었기 때문이다. 그러나 내심 속으로는 엄마와 함께 울고 있었는지도 모르겠다. 어릴 때부터 모래는 조금이라도 엄마의 짐을 덜어 주고 싶었다. 그래서 아파도 티내지 않았고, 투정을 부리고 싶을 때도 꾹 참았다.

"엄마한텐… 나중에 얘기해 볼게요."

"그래. 모래가 준비되면 그때 얘기해도 되지."

승기는 모래가 편하게 점프를 할 수 있도록 침대에 설치해 둔 디바이스를 확인했다. 아직 완전히 상용화되지 않은 기기인 만큼 행여나 문제가 생기지 않도록 직접 살펴보려는 것이었다.

모래는 이렇게 살뜰하게 자신을 위해 주는 할아버지를 미워하면 안 된다고 생각했다. 그러나 갈수록 감사한 마음보다는 서운한 마음이 커지는 게 사실이었다.

승기가 방에서 나가자 모래는 멍하니 침대에 누워 프레임을 만지작거리기 시작했다. 모래의 프레임에서는 청소년들에게 선풍적인 인기를 끌고 있는 SNS인 '세컨드 찬스' 셧다운제에 대한 재판이 한창이었다. 안드로이드 변호사는 최종 변론이라며 청소년들의 행동 자유권과 부모의 자녀 교육권 등에 대해 신나게 떠들어 댔다. 모래는 별 고민 없이 '위헌' 버튼을 터치했다.

모래의 프레임은 구형 모델이었다. 친구들은 대개 터치 없이 시선으로 조작할 수 있는 프레임을 사용했다. 그러나 모래는 엄마가 처음 사 준 이 프레임을 아꼈다.

처음 난영이 모래와 할머니에게 프레임을 사 준 날, 난영은 이것이 전 국민이 가지고 다닐 신분증

왜 꼭 인간이어야 하는데?

이자 통신기기가 될 거라고 말해 줬다. 할머니에게
는 더 자세히 이것이 여권과 휴대폰, 오디오이자 티
브이, 콘솔 게임기와 렌즈 케이스 등이 합쳐진 물건
이라고 설명했었다. 모래는 나중에 엄마가 말한 것
들을 하나하나 찾아보고 나서야 지금은 프레임으로
할 수 있는 많은 일이 예전에는 각각의 단일 기기를
사용해야만 가능했다는 것을 깨닫게 됐다. 엄마는
지금처럼 전 국민이 재판을 시청하며 유무죄를 판
단하는 일도 과거에는 불가능했다고 얘기했었다.

"법정이 시장 바닥도 아이고 이래 구경거리가 된
거는 나라에 망조가 들었다는 기다!"
"망조? 망조가 뭔데?"

가족이 화목했던 시절, 모래는 궁금증이 많은 아
이였고 난영은 참을성 있는 엄마였다. 사실 지금도
모래는 당장 엄마와 함께 살게 해 달라고 할아버지
앞에서 엉엉 울며 떼를 쓰고 싶었다. 그렇지만 할아
버지는 억지를 부린다고 마음을 바꿀 사람이 아니
었다. 모래가 진심을 말하면 더 괴로워지는 건 엄마
라는 걸 모래는 알고 있었다.

엄마가 정말 변호사로 성공할 수도 있지 않을까?
엄마에게는 그건 불가능한 일이라고 냉정하게 말했
지만, 내심 기대를 품은 적도 있었다. 엄마가 큰소리
친 것처럼 진짜 로펌에 취직하고 돈을 많이 벌어서
자신을 데려가 주길 바랐다.

그래서 지난번에도 간절한 마음으로 재판을 시청했었다. 하지만 엄마는 고작 의뢰인의 거짓말 하나를 눈치채지 못했다. 사람들은 말했다. 안드로이드 변호사였다면 그런 실수는 하지 않았을 거라고.

병원 측의 변호를 맡았던 그 재수 없는 안드로이드 변호사가 엄마를 가리켜 의뢰인에게 놀아나는 무능한 인간 변호사라고 했을 때, 모래는 이것이 프레임에서 사람들의 터치를 불러일으킬 강력한 계기가 될 거라고 생각했다. 나중에 확인해 보니 역시 그 시점에서 초당 터치율이 급등한 게 맞았다.

대다수의 사람들은 당연히 인간이 AI보다 뛰어나게 일할 수는 없다고 생각했다. 상대적으로 안드로이드 변호사는 저렴한 수임료로 고용할 수 있으나, 인간 변호사는 엄청난 비용을 부를 것이기 때문에 가격 경쟁력 측면에서도 안드로이드 변호사의 대안이 될 수 없다고 말하기도 했다. 엄마가 주장하는 메모리 이레이징 서저리 금지 가처분 신청도 기각돼야 한다고 느끼는 것 같았다.

씁쓸하지만 모래 역시 같은 생각이었다. 이번에는 할아버지나 자신이 틀리고 엄마가 맞길 간절히 바랐지만…. 그런 일은 일어나지 않았다.

"아아아-"

그때 다시 지긋지긋한 고통이 모래의 몸을 덮쳤다.

왜 꼭 인간이어야 하는데?

모래는 새우처럼 몸을 말고 신음을 삼켰다. 정말 이지 이 지긋지긋한 고통에서 해방되고 싶었다. 점프를 통해 온전히 클라우드에 업로드된다면 진짜 자유를 얻을 수 있을 것이었다. 모래는 자신에게 육체란 감옥이나 마찬가지라고 생각했다. 이렇게 병든 육체에 갇힌 죄수가 되어 고통 속에 사느니 점프가 합리적인 방법 아닌가? 그럼 자유로운 아바타의 몸으로 엄마도 더 자주 볼 수 있을 텐데….

모래는 이를 악물고 신음과 고통을 함께 삼켰다. 안타깝게도 참고 견디는 건 이 소녀에게는 너무도 익숙한 일이었다.

*

"변호사님, 음악 좀 틀어도 될까요?"

C5는 난영의 사무실 구석에 쌓여 있던 LP 무더기를 잠시 뒤적거리더니 1980년대 가수의 LP를 집어 들었다. 이내 턴테이블에서 오래된 가요의 청승맞은 리듬이 흘러나오기 시작했다. C5는 난영이 좋아하는 말린 자두 향이 나는 원두를 골라 커피를 내렸다.

오래된 음악이 흐르는 사무실에 커피 향이 가득 들어찼다. C5는 난영에게 커피를 가져다주고 자신도 한 모금 마시더니 말했다.

"향이 좋네요."

난영은 당황스러웠다.

"니도 커피를 묵나? 설마, 밥도 묵나?"
"그럼요. 저한텐 인간과 거의 동일한 생체 기능이
있어요."
"그런 쓰잘머리 없는 기능은 와 있는데?"
"더 좋은 법률 서비스를 제공하기 위해서죠."
"좋은 법률 서비스를 위해가 먹고 싸고 그래야 한
다꼬?"

난영은 도무지 이해가 되지 않는다는 얼굴이었다.
C5는 어이없어하는 난영을 바라보며 빙그레 미소
지었다.

"지능만으로는 충분하지 않거든요. 인간을 온전
히 이해하기 위해서는 소프트웨어뿐 아니라 하드
웨어까지 유사한 게 더 좋아요. 결국 인간의 뇌는
신체를 원활하게 운용하기 위한 방식으로 발전해
왔으니까요."

C5는 그렇게 말한 뒤, 다시 지그시 눈을 감으며
커피를 음미했다.

"아, 좋다. 일상 속 작은 사치 같아요. 좋은 음악,
맛있는 커피."
"에헤취!"

난영은 재채기를 참을 수 없었다. 한동안 잠잠해
졌던 알레르기가 다시 도진 것 같았다. C5의 말을

왜 꼭 인간이어야 하는데?

들으며 순간 난영은 소름이 끼친다고 생각했다. 기계 지능이 이 옛날 노래의 감미로움을 느낄 수 있고, 달콤한 커피 향까지 똑같이 음미할 수 있다고 생각하니 어쩐지 기분이 이상했다. 심지어 일상 속 작은 사치라는 비유는 너무 공감 가는 표현이었기 때문에 더 섬뜩하게 느껴졌다. 그저 그렇게 느끼는 척 연기하는 건 아닐까? 합리적인 의심도 들었지만 굳이 C5에게 그것이 진짜 네 본심이 맞느냐 캐묻지는 않았다.

그간 변해 가는 세상에 관심을 두지 않고 살아서일까? 난영은 어느새 이 정도로 인간과 비슷해진 안드로이드가 소름 돋을 만큼 놀라웠다.

"노랫말이 마치 영화같이 그려지는 게 정말 좋아요."
"으응 그재? 우리 할매도 이 노래를 억수로 좋아했다. 내는 그 덕에 어릴 때부터 귀에 딱지가 앉게 들었고."
"이상하죠? 100년 가까이 된 오래된 노래인데, 아직도 너무 좋잖아요."

C5는 담백한 가수의 목소리를 따라 흥얼거렸다.

난영은 애써 재채기를 참으며 당혹스러운 얼굴로 C5를 바라봤다. 돌아가신 할머니가 C5를 보았다면 그가 사람이 아니라고는 상상조차 하지 못했을 것이다. 그때 난영의 시선을 느낀 C5가 고개를 돌렸고, 순간 둘의 눈이 마주쳤다. 죽은 남편과 비슷한 C5의 밀크커피색 눈동자를 바라보며, 난영은 어쩐지 자신의 기분을 들킨 것 같아 당황스러웠다.

C5는 난영의 그런 묘한 기분을 아는지 모르는지, 그저 커피가 식는다고 걱정할 뿐이었다.

"으응…. 지금 마실라 캤다."

난영은 저도 모르게 변명하듯 대답했고, C5는 여느 때처럼 다정한 잔소리를 덧붙였다. 일에만 함몰될수록 능률이 떨어지는 법이라고.

"원시인들도 힘겨운 사냥을 마치고 돌아오면 모닥불 앞에서 멍하니 앉아 있었다고 하잖아요. 변호사님도 기록만 들여다보지 마시고 뇌를 쉬게 할 필요가 있어요."

난영은 고분고분하게 들고 있던 프레임을 내려놓았다. 그리고 C5가 권한 대로 커피를 한 모금 마셨다. 따뜻한 액체가 목으로 넘어오니 기분이 좋았다. 고소하고 달콤한 향까지 딱 난영의 취향이었다.

C5의 말이 맞았다. 알맞게 내려진 커피를 마시며 한숨 돌리니 살 것 같았다. 지금까지는 재판만 생각하면 정말이지 막막했는데, 이제는 어쩐지 다른 방법으로 접근하면 승산이 있을 것 같다는 긍정적인 마음이 몽글몽글 솟아났다. 조금씩 머리를 조여 오던 만성 두통도 이 순간에는 느껴지지 않았다. 겨우

왜 꼭 인간이어야 하는데?

커피 한 모금에 이런 기분이 들다니, 난영은 인간이란 이처럼 단순한 존재인가 싶어 헛웃음이 나왔다. C5는 이런 난영의 기분까지 예상해서 시의적절한 어시스트를 건네준 것이었다.

처음에 난영은 재하의 요구 때문에 어쩔 수 없이 C5를 받아들였었다. 선택의 기회가 있었다면 테크노포비아 난영이 C5를 사무실로 들이는 일 따위는 없었을 것이다. 그랬기에 협업을 시작하던 초반에는 C5를 심술궂게 대하기도 했다. 그러나 언젠가부터 난영은 C5의 조언에 저항하는 일을 멈췄다. 어쩐지 그런 건 치졸하다는 생각이 들었기 때문이다. 승기와 같은 사기꾼들이 주도하는 첨단이 싫다고, C5를 적대적으로 대하는 건 옳지 못한 일처럼 여겨졌다.

또 한편으로 난영은 지금 자신이 C5를 사람처럼 느끼고 있는 것처럼, 누군가는 추후 점프를 한 모래의 아바타를 사람처럼 느낄 수 있으리라는 생각이 들기도 했다. 거기까지 상상이 미치자 어쩐지 C5를 냉정하게 대하는 일이 더 어렵게 느껴졌다. 사람이건 안드로이드건 느낀 감정 그대로 솔직하게 대하고 인간과 똑같이 존중하는 편이 더 낫다는 생각까지 들었다. 그게 알 수 없는 미래의 모래를 위해서도 올바른 행동 아닐까? 난영은 솔직히 혼란스러웠다.

그때였다. C5가 난영의 프레임을 가리키며 말했다.

"변호사님, 밑에 손님이 찾아오셨는데요. 어떻게

할까요?"

난영은 그제야 제 프레임을 확인했고, 사무실 문 앞에 거대한 짐 보따리를 들고 선 서미라의 모습을 보게 되었다. 난영의 얼굴이 대번에 굳어졌다.

"이 반듯하게 잘생긴 청년은 누꼬?"

미라가 호기심 가득한 눈으로 C5의 모습을 노골적으로 훑어보자, C5는 관심에 화답하듯 싱긋 미소 지었다. 이 다정한 분위기가 못마땅한 사람은 오직 난영뿐인 것 같았다.

"궁금증도 병이다! 뭐가 그래 세상만사 궁금한 기 많노? 엄만 알 거 없다!"

안 그래도 재판 준비 때문에 속이 시끄러운데, 사무실까지 찾아온 미라가 못마땅했다. 설상가상 미라는 뻔뻔하게 커다란 대야와 각종 채소가 든 바구니를 사무실 바닥에 늘어놓기 시작했다.

"뭐 하노? 이기 다 뭔데?"
"눈깔은 폼으로 달고 댕기나? 김치 담글라 카는거 아이가?"
"미친나? 와 시키지도 않은 짓을 하는데!"

난영은 필요 없으니까 다시 다 갖고 가라며 화를 냈지만, 미라의 고집을 꺾을 수 없었다. 미라는 우악스러운 손길로 말리는 딸을 밀어냈다. 사무실에서 라

왜 꼭 인간이어야 하는데?

면만 먹을 게 빤한데 김치라도 있어야 하지 않겠냐며 너는 아무 신경 쓰지 말고 일이나 보면 된다고 했다.

난영은 당혹스러움과 짜증이 잔뜩 담긴 시선으로 미라를 노려봤다. 하지만 결국 이번에도 난영이 포기할 수밖에 없었다. 재판 준비만으로도 충분히 버거운데 고집을 부리는 엄마까지 상대하는 건 너무 벅찬 일이었다.

난영은 엄마에게서 등을 돌리고 앉아 다시 자료를 들여다보기 시작했다. 신경 쓰지 않고 할 일을 하려 했지만, 도무지 집중이 되지 않았다.

"야아- 거가 고춧가루 좀 가지고 온나. 오야, 그거!"

미라는 자연스럽게 C5를 조수로 부리고 있었다.

"아무리 AI가 배합이며 조리고 다 잘한다 캐도 인간의 손맛을 따라올 수 있겠나?"

예전이나 지금이나 변한 게 없었다. 엄마는 여전히 뻔뻔한 태도로 난영의 속을 뒤집어 놓았다. 난영은 부모의 가난을 원망한 적 없었다. 오히려 유년 시절 내내 부모의 무능을 원망하면 안 된다고 스스로를 타일러 왔다. 그러나 가장 부모가 필요했던 나이에 자신을 할머니에게 떠넘기고 가 버린 엄마를 용서하는 건 쉬운 일이 아니었다.

난영이 대단한 집안에 시집간다는 소식을 듣자 미라는 뻔뻔하게 딸의 곁으로 돌아왔다. 언제부터 그랬다고 갑자기 엄마 행세하려 드는 미라를 보며, 난영은 미움을 넘어 혐오를 느꼈다. 과거에 대한 사과는 일언반구도 없이 마치 처음부터 남들처럼 단란했다는 듯, 모녀 관계를 연기하려는 엄마의 이기적인 마음이 역하게 느껴졌다. 그래서 난영은 백서현이 아버지의 편안한 임종을 볼 수 없다고 분노하는 것도 충분히 이해할 수 있었다.

"아 쫌! 냄새도 안 빠지는 사무실에서 이게 다 뭐하는 짓이고? 퍼뜩 치아라!"

참다못한 난영이 버럭 성질을 냈다. 그러나 미라는 태연하게 고무장갑 낀 손으로 벅벅 배춧속을 버무릴 뿐이었다. 뻔뻔하기로는 난영보다 한 수 위였다.

"니 재판 봤다. 그 시민 단체 간사는 고마 원래부터 사기꾼이었다 카든데?"

미라는 언론에서 떠들어 대는 가십성 기사를 애기하며 배춧잎에 양념을 발랐다. 부지런한 옐로 저널리즘은 이미 백서현이 의절한 아버지의 기억 소거 수술을 막으려고 억지 재판을 신청했다는 보도를 내보내고 있었다.

"어릴 때 애비한테 쪼매 맞았다 카든데? 그란다고 지 애비가 수술을 몬 받게 해 달라꼬 애먼 병원한테 지랄하는 게 말이 되나?"

미라는 낯 뜨거운 편파적인 보도를 내보내는 방

왜 꼭 인간이어야 하는데?

송이 지껄인 내용을 무비판적으로 수용하고 있었다. 난영은 자기 멋대로 떠들어 대는 엄마를 경멸 어린 시선으로 바라봤다. 결국 가재는 게 편인 건가 싶어 어이없기도 했고, 또 한편으로는 저게 지금 대중들의 보편적인 인식 아닐까 생각하니 암담한 기분까지 들었다.

"좀 맞았다꼬? 남 일이라고 그라고 쉽게 얘기하믄 안 되재! 폭행을 당한 기다, 가정 폭력!"

난영은 저도 모르게 흥분해 버럭 소리를 질렀다. 그러나 미라는 여전히 남일 얘기하듯 여유로운 얼굴이었다.

"옛날엔 육아를 다 인간이 했다 아이가? 애 키우는 게 쉬운 일도 아이고, 그럴 수 있다. 아무리 매정한 애비래도 지 새끼한테 손대고 맴이 편했겠나? 고마 황천길이라도 편히 보내 주재 만다꼬 그런 여자를 편드노? 변호를 할라 카믄 제대로 된 놈을 변호하든가 하재. 총각아, 이거 간 좀 보겠나?"

미라는 뻔뻔하게 난영의 주장을 반박했다. 육아 스트레스를 이유로 폭력을 정당화하다니, 그야말로 지긋지긋한 구시대적 사고방식이었다. C5와 함께 바닥에 주저앉아 젓갈과 고춧가루를 쏟아붓는 엄마를 바라보며, 난영은 치미는 분노를 삼켰다.

왜 그런 여자를 변호하냐고? 미라는 난영이 지금

왜 이런 고생을 하는지 정말 하나도 모르는 것처럼 뻔뻔했다. 만약 부모가 그럴듯한 재산이라도 물려 줬다면 난영이 지금 이렇게 딸 모래와 생이별할 일도, 변호사로 성공해 딸을 데려오겠노라 아등바등 애쓸 필요도 없었다. 난영의 무능한 엄마는 지금 이렇게 사무실 바닥에 주저앉아 젓갈 냄새 풀풀 풍기며 김치를 담가 주는 것밖에 할 수 있는 게 없었다.

"방송 보이가 그 애비도 10년 넘게 정신과를 들락날락했다 카드만. 지도 괴로웠을 기다. 자슥이랑 원수지고 맘 펜안하게 지내는 부모는 세상천지 그 어데도 읎다. 의절하고 하루하루가 지옥이었을 게 빤하지 않나? 니도 아를 놔 봤으니 알 거 아이가?"

미라는 쉬지도 않고 호들갑스럽게 떠들어 댔다. 그때였다. 순간 난영이 멈칫하며 들여다보던 기록을 내려놓았다. 백서현의 부친도 괴로웠을 거라며 미라가 일장 연설을 늘어놓던 바로 그 타이밍이었다. 난영은 멍하니 고개를 들어 C5를 바라봤다.

"백서현의 부친, 백재민 씨라고 했재? 저번에 내한테 보내 줬던 정보 좀 다시 말해 줄 수 있나?"
"백재민, 72세 남성으로 대장암 3기입니다. 젊은 시절에는 이발사로 일했고, 산업구조가 개편된 뒤에는 그 경험을 살려 바버숍의 페이스메이커로 활동했네요. 페이스메이커 간에 경쟁이 치열해지

왜 꼭 인간이어야 하는데?

면서, 10년 전쯤 이른 은퇴를 하셨어요. 가족과의 왕래를 끊은 지는 그보다 더 오래됐고, 현재는 청파동 노인 공동주택에서 거주 중입니다. 아, 그리고 저번에 말씀드렸듯이 국지적 기억 소거 수술은 이번이 처음이 아닙니다. 수술이 합법화되고 초기에 수술을 신청했던 기록이 있어요."

C5의 얘기를 듣던 난영이 돌연 급히 가방을 챙기며 자리에서 일어났다.

"백재민, 그 인간을 좀 만나 봐야겠다."

백재민이 사는 노인 공동주택은 옛 서울역사 뒤 조용한 골목길에 있었다.

플라타너스 잎사귀가 길게 늘어진 담장을 올려다보며, 난영은 어떻게 백재민을 만날 수 있을지 고민했다. 아무 대책도 없이 무작정 참고인을 찾아온 건 처음이었다.

C5는 함께 재민을 만나 보겠다고 했지만 난영이 거절했다. 어쩐지 백재민과는 인간 대 인간으로서 단둘이 독대하는 편이 더 좋을 것 같았다. 뭐라 논리적으로 설명할 수 없는 인간의 직감이었다.

"안녕하십니꺼! 할머닌 이 동네 사시는가 보네예?"

마침 골목 끝에서 걸음 보조 기구를 착용한 채 걸어오는 할머니가 보였다. 난영은 바로 다가가 살갑

게 말을 붙였다. 할머니는 난영을 경계하는 것처럼 보였다. 그럴 만도 했다. 이 근방은 노인 공동주택 밀집 지역이었고, 난영 같은 젊은 사람이 이곳을 찾는 일은 드물 테니까.

할머니가 아닌 척하며 힐끗 난영의 관자놀이를 살폈다. 안드로이드인지 아닌지 확인하려는 눈짓이었다.

"사람이여?"

할머니의 물음에 난영이 빙그레 미소 지었다.

"그라믄요. 사람 맞십니다. 사실 저희 작은아버지도 여 사시거든예."

난영은 자신이 백재민의 먼 친척이라고 말했다. 여전히 난영은 배짱이 두둑한 여자였다. 기회다 싶으니 거짓말이 술술 흘러나왔다. 난영은 할머니의 감정에 호소했다. 조카가 작은아버지와 불화하는 게 너무 마음이 아파서 자신이 대신 중재해 주고 싶다고, 말년에 따님과 화해한다면 어르신도 얼마나 좋겠냐며 생각나는 대로 아무렇게나 떠들어 댔다.

난영은 자기가 말해 놓고도 이런 빤한 거짓말에 누가 속을까 싶었다. 그래서 내심 불안한 마음으로 할머니의 눈치를 살폈는데, 어이없게도 할머니는 난영의 연기에 깊이 감복한 눈치였다. 할머니가 주름진 손으로 난영의 가짜 눈물을 닦아 주었다.

"오랜만에 사람 만나니까 속도 없이 좋네. 그래,

왜 꼭 인간이어야 하는데?

사람 사는 게 다 그렇지…."

할머니는 안 그래도 이웃 사는 백재민의 얘기로 한동안 동네가 시끄러웠다고 얘기했다. 그 딸이 아버지를 원망하며 재판까지 걸었다는 소문에 노인들이 두엇만 모이면 너도나도 그 얘기를 했다는 것이었다. 심지어 재판이 방송된 후 며칠간은 방송국에서 보낸 드론 카메라가 동네 하늘을 빼곡히 메워 버리자 여간 불편한 게 아니었다며, 묻지도 않은 얘기까지 자세하게 전해 주었다.

"할매도 그 재판 봤십니꺼?"

난영은 다정하게 할머니의 팔짱을 끼며 물었다. 혹시 재판에 나온 자신을 알아볼까 싶어 걱정됐기 때문이다.

"내가 그 할 일 없는 노인네들 같을까 봐. 바빠서 못봤어. 알지? 백수가 과로사하는 법이잖아. 호호호-"

난영은 남몰래 안도의 한숨을 내쉬었다. 농담까지 나눌 정도로 친밀감이 쌓인 게 느껴지자 난영은 바로 본론을 꺼냈다.

"실은… 저희 작은아버지가 한 성격 하시거든예. 도무지 지를 만나 줄라 카지 않아서 그라는데 혹시…."
"아가, 걱정 말고 따라온나."
"아이구, 고맙십니더!"

졸지에 외로운 노인의 아가가 되어 버린 난영이

몰래 미소 지었다.

"백 씨! 이리 나와 보소. 조카가 찾아왔어."

할머니의 생체 칩을 이용해 무사히 집 안까지는 들어왔는데, 막상 백재민을 만나려 하니 난영도 겁이 났다. 백서현은 아버지가 무식한 데다 포악하기까지 한 상종 못 할 인간이라고 했는데 이러다 바로 쫓겨나는 건 아닐까 긴장됐다.

혹시 나한테도 물건을 던지거나 주먹을 휘두르는 건 아니겠지? 난영은 초조한 걸음으로 공동 거실을 배회했다. 그때 휠체어를 탄 백재민이 복도 끝에서 모습을 드러냈다.

"내 조카시라고."

구경꾼을 돌려보낸 백재민이 차가운 눈빛으로 난영을 훑어봤다. 암 환자라 그런지 빼빼 마른 몸이었고, 잔뜩 예민해 보이는 날카로운 인상의 노인이었다.

"어디 방송사에서 나온 거요?"

그는 난영을 기자라고 오해한 눈치였다. 백재민은 여기서 더 시끄럽게 만들어 주변에 피해 주고 싶지 않다며, 10분 줄 테니 물을 거 묻고 빠르게 돌아가라고 말했다.

"어르신, 지는 기자가 아입니더. 지 얼굴 한번 보이소. 몬 알아보시겠습니꺼?"

왜 꼭 인간이어야 하는데?

"설마 당신, 그 변호사야?"

난영의 사투리를 들은 백재민은 바로 난영의 정체를 알아챘다. 기자가 아니라는 것을 알게 되자 백재민의 얼굴빛이 달라졌다. 휠체어에 연결된 백재민의 프레임에 알람이 떴다. 혈압이 높아지고 있는 것 같았다.

알람이 울리는 걸 본 난영은 재빨리 변명하기 시작했다.

"지는 백서현 씨가 어르신 때문에 이 재판을 주도한 건 참말로 몰랐십니다. 재판 보셨으니까 아시겠지만 지도 따님한테 속은 피해자라니까예? 지는 이 재판에서 이겨가 어르신 수술을 막을 생각은 추호도 없십니다."

난영은 진실과 거짓을 섞어 교묘하게 백재민을 설득했다.

"여까지 찾아온 정성을 봐서라도 질문 몇 가지만 하게 해 주이소. 기자라꼬 계속 그짓말할 수도 있었는데, 그러지 않은 건 어르신을 존중하기 때문 아이겠십니꺼?"

조카라고 속일 땐 언제고, 궤변이었다. 그러나 사람이 늘 논리 정연한 설득에만 넘어가는 건 아니었다. 백재민은 딱 10분만 시간 내어 주시면 더 시끄럽게 만들지 않고 조용히 돌아가겠다는 난영의 호소에 못마땅한 듯 고개를 돌렸다.

우회적인 승낙이었다. 예상과 달리 백재민은 당장 꺼지라고 소리치지 않았다. 늙어서 기운이 떨어진 것일까? 백서현의 말처럼 포악하게 폭력을 휘두를 만한 아버지처럼 보이지는 않았다. 오히려 싸늘한 인상이긴 해도 합리적이고 신사적인 사람처럼 느껴졌다.

"지도 딸이 하나 있십니더. 사정 때문에 자주 만나지 몬하는데…. 이뻐해 줘도 모자랄 그 아까븐 시간에 서로 드잡이나 했다는 거 아입니꺼? 솔직히 어떤 부모가 딸내미가 자살하겠다는데 좋다고 찬성할 수 있겠십니꺼?"

자살이라는 말에 백재민도 관심이 동한 건지 고개를 돌렸다. 난영은 모래가 점프를 하겠다고 해서 다퉜던 이야기를 늘어놓으며 백재민과 친밀감을 형성하려 애썼다. 같은 사람 대 사람으로서 공감대를 끌어내는 이런 방법은 AI 변호사는 절대 쓸 수 없을 것이라고 생각했다.

"어르신은 어쩌다… 따님하고 그라고 틀어지신 깁니꺼?"

그러나 막상 자신의 개인사를 묻자 백재민은 입을 다물어 버렸다. 난영은 인내심 있게 기다리며 여러 방식으로 백재민이 기억하는 과거를 들어 보려 했지만 소용없었다.

왜 꼭 인간이어야 하는데?

"뭘 자꾸 캐물어? 기억 안 난다고. 여편네나 계집 애나 싸가지가 없으니까, 시팔, 이 지경이 된 거 아니겠어?"

백재민은 두통이 온다는 듯 이마를 짚으며 얼굴을 찡그렸다. 백재민의 프레임에서도 연신 스트레스 지수가 높아졌다는 알림이 울려 댔다. 초조해진 난영이 다시 물었다.

"10년 넘게 정신과 치료를 받으셨다꼬예. 가족들 하고 그래 오랜 시간 안 보고 사는 동안, 어르신 맴도 얼매나 안 좋았십니꺼? 이 수술이 이번이 처음은 아니지예? 어르신은 기억 소거 수술, 예전에 도 받은 적 있다 아입니꺼?"

난영의 질문을 들은 백재민이 날카로운 눈으로 난영을 노려봤다. 난영은 순간 흠칫 놀랐지만 백재 민의 시선을 피하지는 않았다.

일반 국민들이 국지적 기억 소거 수술을 받을 수 있게 허가가 난 건 1년도 더 전이었다. 백재민은 10 년 동안 정신과 치료를 받을 정도로 괴로워했고, 그 때문인지 수술 허가가 나자마자 기억을 지우려 했 었다. 난영은 C5를 통해 알고 있던 정보를 백재민의 입으로 다시 확인하고 싶었다.

"맞아. 이번이 두 번째야. 10분 됐지? 이제 그만 가 보소."

백재민이 등을 돌리자 난영이 다급히 소리쳤다.

"잠깐만요 어르신, 마지막으로 하나만 묻겠십니더. 그라믄 1년 전에는 와 기억을 지울라 칸 깁니꺼? 그때 가족과 안 좋았던 기억을 완벽히 지워버렸다 카믄, 이번에 또 재수술을 받을 필요는 없는 거 아입니꺼?"

순간, 복도를 빠져나가던 백재민의 휠체어가 그 자리에 멈춰 섰다.

"지난번엔 대체 무슨 기억을 지운 깁니꺼?"

백재민이 천천히 고개를 돌려 난영을 바라봤다. 분노와 당혹감, 어떤 회한이 섞인 듯한 복잡한 눈빛이었다. 돌연 백재민은 또다시 두통이 느껴지는지 미간을 찡그렸다.

"그때는… 그러니까 그때는…."

백재민은 쉽게 대답하지 못했고, 난영은 침착하게 기다렸다.

그 찰나와 같은 순간, 이제 됐다는 어떤 안도감이 들었다. 백재민도 난영과 같은 부모였지만, 동시에 누군가의 자식이기도 할 터였다. 난영은 백재민의 바로 이 대답이 막혔던 재판을 뚫어 줄 강렬한 계기가 될 것이라고 확신했다. 이 또한 더없이 인간적인 직감이었다.

왜 꼭 인간이어야 하는데?

지우고 싶은
기억

마지막 재판을 하루 앞둔 날, 재하는 C5를 만났다. 난영은 모르는 비밀스러운 만남이었다.

"그동안 이난영 변호사와 친밀도는 많이 쌓았고?"

"네. 직접 데이터를 확인해 보시겠어요?"

재하는 C5를 난영의 곁에 붙이며, 은밀한 미션을 주입했었다. 난영의 호감을 얻어 내 최대한 오랜 시간을 함께 보내고, 이 경험을 통해 성장하라는 것이었다. 사실 안단테의 입장에서는 난영이 프로보노 사건에서 승소하는 것보다 C5가 이 미션을 뛰어나게 수행하는 일이 훨씬 더 중요했다.

재하가 자신의 프레임을 C5의 관자놀이 가까이 가져다 대자 순식간에 데이터가 전송됐다. 재하는 C5의 렌즈에 비친 난영과 C5의 일상을 비롯해 둘의 교류가 C5의 알고리즘에 미친 영향 등을 빠르게 확인할 수 있었다.

지우고 싶은 기억

결과는 나쁘지 않았다. 재하의 판단이 맞았다. 난영에게 C5를 보낸 것은 탁월한 결정이었다. 난영과 함께하는 C5의 모습을 본 재하는 놀라움을 숨길 수 없었다. 각종 언론에서는 난영을 강성 테크노포비아라고 지칭하며 매일같이 신나게 씹어 댔는데, 그렇게 떠들어 대던 자들에게 지금 이 영상을 제보하고 싶을 정도였다.

영상 속 난영은 그저 제 가치를 증명하고자 몸부림치는 한 명의 인간일 뿐이었다. 우리 모두가 그렇듯 번민하고, 흔들리고, 생각을 수정해 가는 유약한 인간 말이다. 재하가 보기에 난영은 어느새 C5에게 마음을 연 듯했다. 특히 난영이 사이버 테러를 당한 날, C5의 품에 안겨 우는 모습은 꽤나 인상적이었다. 기술이 싫다며 그토록 요란하게 재채기를 해 대는 여자는 더 이상 없었다. 그 순간 난영은 C5에게 온전히 의지하고 있었다.

재하는 흡족한 얼굴로 C5에게 물었다.

"어때? 내일 이변이 승소할 수 있을 것 같아? 재판에서 이길 확률은 얼마나 되지?"

C5는 대답 없이 묘한 미소를 지었다.

마지막 재판 날, 법정에 선 난영은 깊은숨을 들이마신 뒤, 침착하게 물었다.

"증인은 얼마 전에 배우자와 이혼했지예? 이유가 뭐였십니꺼?"

"기억 소거 수술 부작용 때문이었습니다."

난영은 참고인석에 오른 젊은 남자를 바라봤다. 딱 벌어진 어깨에 다부진 체격을 가진 훤칠한 남자였는데, 안타깝게도 그의 왼쪽 뺨에는 선명한 화상 자국이 남아 있었다. 남자는 1년 전 아내와 함께 교통사고를 당했고 그 때문에 본인도 심한 화상을 입고 말았다고 고백했다.

"저는 이렇게 얼굴을 다쳤지만, 아내에 비하면 다행인 편이었습니다. 아내는 사고 이후로 트라우마에 시달려 그 어떤 교통수단도 이용할 수 없었으니까요."

"그래서 아내 분이 메모리 이레이징 서저리를 받으신 깁니꺼?"

"맞습니다. 아내는 트라우마로 일상생활마저 어려워졌고 그래서 수술을 결심했습니다. 처음에는 저희도 걱정이 많았는데 기억 소거 수술은 알려진 대로 효과가 아주 좋았어요. 사고 당시의 기억을 지운 아내는 직접 운전도 할 수 있을 정도로 빠르게 건강해졌습니다."

"그란데도 증인은 아내랑 이혼을 한 기, 그거이 고마 이 메모리 이레이징 서저리 부작용 때문이라고 주장했지요? 그건 무슨 뜻입니꺼?"

지우고 싶은 기억

난영의 질문에 남자가 울먹이며 대답했다.

"기억 소거 수술을 받고… 아내는 전혀 다른 사람이 돼 버렸어요."

그는 수술을 담당한 의사가 '아내가 사고를 당했던 당시'의 모든 기억을 삭제했고, 따라서 아내는 가장 힘든 시기에 남편에게 지극한 간호와 위로를 받았던 기억마저 함께 잊어버리고 말았다고 고백했다.

두 사람은 힘든 과정을 함께 이겨 내며 더 끈끈한 애정을 느낄 수 있었다. 그러나 아내는 남편에게 강렬한 애정과 친밀감을 느꼈던 그 시기의 기억을 통째로 잊어버렸고, 결국 자신은 아내에게 너무 부담스러운 존재가 되었다는 것이었다.

"수술을 담당한 의사는 기억 소거 수술을 원칙에 따라 집도했고, 따라서 전혀 문제가 없다는 입장이었습니다."

지금 생각해도 너무 억울하고 분하다는 듯 남자는 떨리는 목소리로 말을 이었다.

"아내도 머리로는 이러면 안 된다는 것을 아는데… 마음이 머리를 못 쫓아간다고 했어요. 더 이상 아내가 절 사랑하지 않았기 때문에… 그래서 우린 이혼할 수밖에 없었습니다."
"아이고…. 참말로 안타까운 일이네예. 병원은 그런 부작용에 대해 사전에 충분히 고지를 한 게 맞십니꺼?"

"아뇨. 충분했다고 말할 수는 없습니다. 사고를 당했던 시기의 기억을 지우면 다른 기억 일부가 사라질 수도 있다고 모호하게 얘기했을 뿐입니다. 이렇게 사람의 감정 자체가 달라질 거라고는 전혀 안내받지 못했습니다!"

남자는 억울하다는 듯 목소리를 높였고, 난영은 의도적으로 채무자석에 앉은 P병원장을 향해 시선을 돌리며 말했다.

"사람의 감정이 뒤바뀌는 이런 무서운 부작용에 대해 충분한 설명도 듣지 못했다니, 내사 참… 억울하고 어이없고 울화통이 치밀었을 것 같은데요."

P병원장은 여전히 표정 관리를 하지 못하는 듯 분노로 얼굴을 잔뜩 일그러뜨리고 있었다. 난영의 동조에 참고인석의 남자는 한껏 격양된 목소리로 말을 이었다.

"맞습니다! 사전에 아내의 마음이 달라질 수 있다고, 그런 부작용을 감내하고서라도 수술을 하겠냐고 병원에서 물었다면, 그럼 저희 부부는 다른 선택을 할 수도 있었습니다. 시간을 되돌릴 수만 있다면… 그럼 전 아내의 수술을 말렸을 겁니다."

남자는 이혼한 뒤 자신은 신 의료 정의 연대를 비롯해 국지적 기억 소거 수술을 반대하는 시민 단체에서 활동하고 있다고 증언했다.

지우고 싶은 기억

난영은 법정의 오프라인 배심원석, 정확히는 그 뒤에 위치한 카메라를 똑바로 주시하며 목소리를 높였다.

"기억을 지운 내는 절대로 예전의 내 자신일 수 없십니더. 이런 어마어마한 부작용을 가진 메모리 이레이징 서저리 금지 가처분 신청은 반드시 받아들여져야만 합니더!"

배심원들이 술렁이기 시작했고, 채무자석의 안드로이드 변호사는 이것은 극히 일부의 예외적 사례일 뿐이라고 반박했다.

순간, 방청객석에 앉은 C5와 난영의 눈이 마주쳤다. C5와 의미심장한 시선을 교환한 난영은 바로 판사석을 향해 말했다.

"신 의료 정의 연대의 간사 백서현 씨의 부친, 백재민 씨를 참고인으로 신청하겠십니더!"

난영은 일부러 자신이 지금 불러들이는 사람이, 언론에서 시끄럽게 떠들어 대던 백서현의 부친이라는 것을 대놓고 밝혔다.

지난 재판 이후, 테크노포비아 인간 변호사라는 새로운 먹잇감을 발견한 대중은 그야말로 칼춤을 추었다. 최근 일부 과격한 기술 혐오주의자들이 저지른 테러와 맞물리며, 그 테러 단체가 받아야 할 비난은 오롯이 난영의 몫이 되었다. 사무실로 죽은 동물의 사체나 칼을 꽂은 난영의 더미 인형 등 온갖 끔찍한 물건들이 날아들었다. 난영의 프레임에는 입에 담지도 못할 더러운 메시지들이 쏟아지기도 했다. 마녀사냥 끝에 어느새 난영은 세상 물정 모르는 사이비 변호사로 매도되어 있었다.

사람들이 난영의 전문성을 평가절하하며 비난하는 근거 중 하나는 너무 쉽게 백서현의 꼬임에 넘어갔다는 사실이었다.

인간 변호사만 존재했던 시절에는 변호사가 의뢰인의 거짓말에 속는 일이 종종 있었다. 그러나 안드로이드가 변호사직을 독점한 요즘 시대에 그것은 용인할 수 없는 실수였다. 온건한 사람들조차 난영은 변호사 자격이 없다고 생각했다. 난영은 인간의 거짓말에 쉽게 속아 넘어가고, 사람에 대한 기본적인 예의조차 없는 변호사였다. 그래서 지난 재판에서는 퇴직 군인에게 멱살을 잡히기도 하지 않았는가? 사람들은 난영을 진지한 변호사로 바라보지 않았다. 그들에게 난영은 대중의 관심을 얻기 위해 무리하게 변호사를 하겠다고 나선 선동꾼일 뿐이었다.

이 사실을 잘 알고 있었던 난영은 역으로 자신을 둘러싼 이런 이슈를 적극적으로 끌어와 재판에 이용하기로 했다. 백서현에게 속았다는 비난에 정면으로 맞서, 지난 재판과는 달라진 자신의 모습을 보여 주려는 의도였다.

지우고 싶은 기억

난영의 요청에 따라 휠체어를 탄 백재민이 증인석으로 들어왔다. 법정에서 보니 더 야위고 볼품없는 초로의 노인이었다. 물론 잔인한 카메라는 백재민이 등장하는 순간, 채권자석의 백서현을 비추는 일도 잊지 않았다. 그녀는 원망 가득한 눈으로 아버지 백재민을 노려보고 있었다.

법정에 기이한 긴장감이 흘렀다. 난영은 그 적막을 깨고 백재민에게 물었다.

"증인은 과거에도 메모리 이레이징 서저리를 받은 이력이 있지예. 사실입니꺼?"

"맞습니다. 1년 전, 일반인에게 메모리 이레이징 서저리가 허용되자마자 제일 먼저 수술을 받았습니다."

"이상하네요. 그런데 이번에 와 또 수술을 받으려고 한깁니꺼? 1년 전에도 지금처럼 가족과 불화했던 그 기억을 지울라 칸 게 맞십니꺼?"

난영의 질문에 백재민은 괴롭다는 듯 질끈 눈을 감았다. 백재민이 마른침을 삼키고, 천천히 입을 열었다.

"여기 변호사님이 궁금해하기에 제 의료 기록을 다시 확인했습니다. 1년 전에 저는… 제 유년 시절 기억을 제거했더군요."

백재민의 대답에 배심원석이 술렁였다. 판사들 역시 흥미롭다는 듯 몸을 기울였다. 난영은 달라진 법정의 분위기를 느끼며 다시 백재민에게 질문했다.

"와 유년 시절 기억을 지울라 캤는데예? 그라고 지우고 싶던 기억은 이혼한 아내와 싸우고 자식과 의절했던 시절의 기억이라 카지 않았십니꺼?"

"제가 유년 시절 기억을 지운 이유는… 그러니까 그건…."

백재민은 돌연 목이 메는 듯 말을 잊지 못했다. 난영은 백재민을 대신해 말을 이었다. 그는 수년간 정신과 상담을 받는 과정에서 자식과 불화한 원인이 본인에게 있음을 알게 됐다고 했다. 즉 상담을 통해, 본인이 어린 시절 부모에게 받은 상처를 자녀에게 고스란히 돌려줬단 걸 깨달았다는 것이었다.

"안타깝지만은, 백재민 씨의 부모님은 자식에게 그래 좋은 부모는 아니었던 거지요? 백재민 씨는 어린 시절 부친에게 지속적인 학대를 당했고, 매정한 모친은 다친 아들을 방치했십니더. 그래가 여기 보다시피 백재민 씨 다리에 영구적인 장애를 입히기도 했지예. 부모가 된 백재민 씨는 다짐했을 깁니더. 절대 내 부모와 같은 인간은 되지 않겠다고. 근데, 와 이 지경이 됐을까요?"

이 지점에서 난영은 준비해 온 대로 낮은 한숨과 함께 짧은 공백을 만들었다. 그리고 다시 짐짓 안타깝기 그지없다는 얼굴로 말을 이었다.

"글쎄예. 지도 자세한 사정은 잘 모르겠십니더. 하지만 한편으론 알 것도 같십니더. 살아 보믄 세상

지우고 싶은 기억

만사 뜻대로 되는 거이 많진 않다는 거. 그건 여 우리 모두 아는 사실 아닙니꺼? 안타깝게도 백재민 씨는 그토록 저주하던 부모의 모습을 저 자신 한테서 발견하고 말았던 깁니더."

난영은 우리 모두는 같은 인간이기에 공감할 수 있지 않느냐고, 인간 변호사이기에만 가능한 뉘앙스를 가득 담아 배심원들에게 호소했다.

배심원석에 앉아 있는 지긋한 나이의 중년 여성이 마음이 쓰이는 듯 입술을 깨물었다. 의도가 적중하고 있음을 깨닫고 자신감을 되찾은 난영은 단호한 목소리로 백재민에게 물었다.

"백재민 씨, 말씀해 보이소. 백재민 씨는 유년 시절에 부모한테 학대받은 기억을 극복하지 몬하고, 똑같이 자격 없는 부모가 되었다고 생각했던 기지예? 그래서 유년 시절 기억을 지아 뽑고 달라진 부모가 될라 칸 거 아닙니꺼?"

법정에 있는 모든 사람들의 눈길이 백재민에게 쏠렸다. 백재민은 차마 딸이 앉은 채권자석은 바라보지도 못한 채 떨리는 목소리로 대답했다.

"기억을 지우고… 티끌 하나 없이 좋은 부모가 되고 싶었습니다. 생각한 대로 말하고 행동할 수 있는 사람이 되어서, 아내와 딸에게 속죄하고 싶었습니다."

백재민이 진심을 고백하자 법정은 침묵에 휩싸였

다. 백서현은 굳게 입을 다문 채 흔들리는 눈으로 아버지 백재민을 노려보고 있었다.

또다시 그 숨 막히는 정적을 깬 사람은 난영이었다.

"좀 전에 제가 뭐라꼬 말씀드렸십니꺼? 기억을 지운 내는 절대로 예전의 내 자신일 수 없십니다. 메모리 이레이징 서저리를 받은 백재민 씨는 자신이 뭐 때문에 자식에게 가혹하게 굴었던 긴지, 본인이 깨닫고 뉘우친 계기조차 잊아버리고 말았십니다."

난영은 배심원들에게 진심을 담아 호소했다. 백재민은 과거 부모에게 학대받았던 트라우마를 잊고 자식에게 좀 더 다정하고 좋은 아버지가 되고 싶어 첫 수술을 받았다. 그러나 수술을 받은 백재민은 자식과 화해하고 싶었던 자신의 수술 동기마저 잊어버리게 되었다는 것이었다.

"본인의 유년 시절 기억을 지우니까, 자식과 보낸 시절의 기억은 말할 수 없게 더 끔찍해진 깁니다. 안 그렇십니꺼? 백재민 씨, 제 말이 틀립니꺼?"

그 순간 난영은 스스로도 알 수 없었다. 자신이 상처받은 백서현을 위한 변론을 펼치는 것인지, 아니면 그녀의 아버지 백재민을 위해 목소리를 높이는 것인지. 백재민에게 면죄부를 주고 싶었던 것은 아니었다. 그러나 묘하게 백서현의 아버지를 대신해 변명하고 있는 것처럼 보이는 것도 사실이었다.

지우고 싶은 기억

긴 침묵 끝에, 비로소 진실을 말한 기회를 얻은 백재민은 손쉽게 면죄부를 건네받지 않았다. 죄인처럼 고개를 숙인 그는 지금 이 공간에 모인 사람 중 오직 한 사람, 백서현을 향해 절절하게 고백했다.

"다 내 잘못입니다. 다 지난 일인데…. 이 나이 처먹어서 과거를 극복하지 못하고, 그런 멍청한 수술에 의존하려 한 거 자체가 잘못된 거였습니다. 내 부모하고 똑같은 그런 자격 없는 인간이 된 건… 그건 그저 내가 한심하고 형편없는 놈이라 그랬던 겁니다."

그 순간, 여태껏 꼿꼿하게 버티고 있던 백재민의 주름진 얼굴이 일그러지며 참회의 눈물이 터져 나왔다.

동시에 비로소 백서현도 깨닫게 되었다. 아버지는 평화로운 임종을 맞고 싶어 기억을 지우려던 게 아니었다. 그는 자식과 화해하고 싶었던 것이다.

난영은 흐느끼는 백재민과 애써 아버지를 외면하는 백서현을 차례로 바라봤다. 바라보는 난영마저 코끝이 찡해지는 광경이었다.

사실 백재민을 찾아갔던 날, 난영은 예상하고 있었다. 백재민이 전에도 수술을 받은 것이 맞는다면, 그가 처음으로 지운 기억은 '자식과의 기억'이 아닐 수도 있다고.

누군가 난영에게 가장 지우고 싶은 기억을 묻는 다면, 그것은 어린 시절 자신을 버리고 떠나가던 엄마의 뒷모습일 것이었다. 난영 역시 오랜 시간 동안 그 장면을 다시 떠올리지 않으려고 수없이 노력했기 때문이다.

원망스러운 엄마에 대한 기억은 잊고 싶다고 쉽게 잊을 수 있는 일이 아니었다. 나이를 먹고 결혼해 딸 모래를 낳은 뒤에도 증오하던 엄마와 닮은 스스로의 모습을 발견할 때면 흠칫 놀라곤 했다. 인정하고 싶지 않았지만 난영은 미라와 닮은 점이 많았다. 난영의 모친 역시 세상이 바뀌는 속도를 따라잡지 못하는 사람이었다. 미라는 여전히 굿판을 드나들고 직접 김치를 담그는 고리타분한 늙은이였고, 난영도 마찬가지로 이 시대에 인간 변호사를 하겠다고 주장하고 있는 촌스러운 사람이었다.

난영은 엄마를 증오하면서도 동시에 그녀를 닮아가고 있다는 사실이 견딜 수 없이 싫었다. 그랬기에 백재민도 저와 다르지 않은 마음이었을 거라고 생각했다. 나와 비슷한 사람이라면, 백재민도 부모와의 기억을 지우고 싶었던 건 아닐까? 그래서 난영은 백재민에게 처음으로 지우려고 했던 기억이 무엇인지 물어볼 수 있었던 것이다.

최후 변론의 순간, 난영은 국민 배심원들을 향해 힘주어 말했다.

지우고 싶은 기억

"메모리 이레이징 서저리를 받은 백재민 씨는 현재 본인이 느끼는 감정의 원인이 된 경험을 잃어버렸십니다. 대신 도무지 뭣 때문인지 이해할 수 없는 분노와 눈물만 가득했던 끔찍한 시간만 남았지예. 그래서 아예 딸과 보낸 시간을 통째로 지워 버릴라꼬 한 거 아닙니까. 이 천치 같은 애비는 누구보다 간절하게 자식과 화해하고 싶었던 긴데, 결국 화해조차 포기해 버리게 된 기지예."

"아아…."

그때 방청석에 구석에 앉아 난영의 변론을 지켜보던 재하의 입에서 저도 모르게 나지막한 탄성이 흘러나왔다.

그간 재하는 수없이 많은 재판을 지켜봐 왔다. 그러나 지금 이 순간, 재하는 도무지 난영에게서 눈을 뗄 수 없었다. 인간 변호사가 절절한 마음을 담아 변론하는 모습은 너무 오랜만에 보는 생경한 광경이었다. 재하의 눈에 비친 난영은 드센 경상도 사투리 억양으로 투박한 진심을 가득 담아 호소하고 있었다. 누군가가 보기엔 세련되지 못한 모습처럼 보일지 모르겠으나, 지금 재하에게는 너무도 인상적인 장면이었다.

"기억을 지아 뿐다는 건 내 인생의 어떤 일부를 포기하고, 다른 나로 살아가겠다는 말과 같십니다. 인간의 기억은 컴퓨타 데이터를 지우는 것 맹크

로, 일부만 깔끔하게 지워 버릴 수 있는 것이 아
이지 않습니꺼? 여기 우린 전부 각기 다른 기억이
모여 뭉글어진 한 명의 인간이고, 이런 사람의 기
억을 다루는 메모리 이레이징 서저리 같은 기술은
지금보다 더 섬세하고 조심스러워져야 합니더!"

그 시각 승기와 모래는 함께 거실에서 난영의 재
판을 시청하고 있었다. 승기의 예상과 다르게 재판
은 난영에게 유리하게 흘러가는 것처럼 보였다.

승기는 초조했다. 여태껏 승기는 며느리 난영을
시대에 뒤떨어진 무능한 알콜릭이라고 여기며 무시
해 왔다. 그러나 난영의 최종 변론은 자신이 보기에
도 깊은 호소력이 있었다. 승기는 다급히 국민 배심
원들의 투표율을 확인했다. 이럴 줄 알았다면 진작
어떻게든 투표율을 조작할 방법이라도 찾아봤을 것
이다. 어쩌면 난영이 정말 호언장담했듯이 재판에
서 승소할지 모른다는 사실에 승기의 눈빛이 불안
하게 흔들렸다.

반면 모래는 할아버지와는 전혀 다른 마음이었
다. 모래는 재판을 지켜보며 간절하게 엄마를 응원
하고 있었다. 그간 여러 번 엄마에게 실망했지만 이
번에는 다를지도 모른다는 희망이 모래를 들뜨게
했다. 그동안 모래는 난영에게 이런 기대를 내비친
적이 없었다. 엄마는 인간 변호사로서 성공할 가능

성이 전혀 없다고, 우리는 절대 함께 살 수 없을 거라는 모진 말로 상처를 줬을 뿐이었다. 그러나 사실 모래도 내심 엄마가 맞았고 자신이 틀렸기를 바라고 있었던 것이다.

판사는 국민 배심원들의 투표 집계를 바탕으로 최종 결정을 내리겠다고 말했고, 모래는 긴장해서 두 주먹을 꼭 쥔 채 판사의 판단을 기다렸다.

그러나 이어진 판사의 발언은 실망스럽기 그지없었다.

"…그러므로 이로 인해 수술을 받은 환자 전부가 돌이킬 수 없는 손해를 얻을 가능성은 미미하다고 판단하였습니다. 따라서 채권자의 메모리 이레이징 서저리 금지 가처분 신청을 기각합니다."

모래는 감정을 숨기지 못하고 들고 있던 쿠션을 던져 버렸다.

"안타깝게 되었구나."

승기는 낙심한 모래를 위해 마음에도 없는 소리를 했다. 물론 똑똑한 모래는 그것이 할아버지의 진심이 아니라는 것쯤은 알고 있었다.

모래는 할아버지의 목소리에 어떤 안도감이 묻어 있는 것 같다고 생각했다. 재판에서 패소한 엄마는 로펌의 정규직 변호사가 되지 못할 테고, 그러면 자신은 이대로 계속 이 집에 갇혀 살게 될 테니 다행이라는 것인가? 생각은 계속 못돼먹은 방향으로 뻗어 나갔고, 모래는 그저 입을 꾹 다문 채 프레임 너머 엄마를 바라봤다.

패소가 확정된 뒤, 난영은 애써 태연함을 가장하며 기자들의 질문에 대답하고 있었다. 그러나 모래는 지금 엄마의 심정을 알 수 있을 것 같았다. 모래는 생각했다. 응급 수술을 받은 아빠가 끝내 병실에서 사망했다는 사실을 알게 됐을 때, 그때 엄마는 딱 저런 얼굴이었던 것 같다고. 모래는 당장이라도 달려가 실망했을 엄마의 손을 꼭 붙잡아 주고 싶었다.

그때 이죽거리는 승기의 얄미운 목소리가 들렸다.

"이젠 네 엄마도 인정할 필요가 있다. 인간은 절대 AI를 이길 수 없어. 기술을 피해 다닐 게 아니라, 이용할 생각을 해야지."

모래는 할아버지의 말이 틀리지 않았다는 게 더 분했다. 요즘 들어 진통제도 잘 들지 않았다. 엄마에게는 티 내지 않았지만, 사실 요즘 몸도 마음도 지옥이었다. 매일같이 똑같은 방에 갇혀 지내는 자신에게는 엄마를 만날 자유뿐 아니라 그 어떤 자유도 없는 것 같았다.

마지막 희망이었던 재판에서도 엄마는 약속을 지키지 못하고 패배했다. 만약 오랜 노력 끝에 엄마가 인간 변호사로 성공한다 한들, 모래는 함께 그 기쁨을 나눌 때까지 제 몸이 버텨 줄지 자신이 없었다.

지우고 싶은 기억

결국 답은 점프뿐이었다.

사실 딱 1년 반만 지나면 모래는 클라우드로 의식을 이전할 권리를 가질 수 있었다. 그때가 법적인 권한이 생기는 나이였다. 그 이전에 엄마는 절대 점프를 허락해 주지 않을 테니 앞으로 1년 6개월은 꼬박 더 이 지옥을 버텨야 한다는 뜻이었다. 정말 그때까지 그저 기다리는 방법밖에 없는 걸까? 모래는 답답하고 괴로웠다.

*

난영은 얼마나 울었는지 잔뜩 부은 눈으로 시계를 올려다봤다.

이쯤이면 기자들도 떠나지 않았을까? 법정에선 씩씩하게 인사하고 나왔지만, 난영은 멀쩡할 수 없었다. 간신히 주어진 마지막 기회가 날아간 순간이었다. 모래에게 이번엔 엄마를 한번 믿어 달라며 큰소리쳤는데, 이제 어찌 딸의 얼굴을 본단 말인가? 곧 사무실 월세조차 내기 어려워질 것이다. 아니, 사무실을 유지할 수 있다고 한들 공개적으로 망신을 당한 변호사를 누가 불러 주겠나? 알콜릭에 경제적으로 무능한 난영이 양육권을 되찾기란 요원한 일이었다.

결국 이렇게 실패한 인생이 되어 버린 것인가….

난영은 참담한 기분을 지울 수 없었다. 승기가 바라던 대로 인간 변호사를 하겠다는 건 시대에 뒤떨어진 과욕이었음을 보여 준 것이나 다름없었다. 모래의 말이 맞았다. 난영은 딸에게 '왜 꼭 인간이어야 하는지' 그 어떤 이유도 증명하지 못했다. 이렇게 형편없는 엄마인데 딸의 점프를 반대해 봤자 무슨 소용이 있겠는가? 모래는 스스로 결정할 나이가 된다면, 주저 없이 점프할 것이 자명했다. 난영은 처참한 마음을 숨길 수 없었다.

그때 똑똑- 난영이 있는 대기실 문을 노크하는 소리가 들렸다.

"변호사님, 아직 거기 계시죠?"

백서현이었다. 지금 이 순간 정말이지 마주하고 싶지 않은 얼굴이었지만, 난영은 하는 수 없이 들어오라고 대답했다.

"아무리 생각해도 이대로 그냥 돌아가는 건 아닌 것 같아서요."

날카로운 말투와 달리, 백서현 역시 많이 울었는지 얼굴이 말이 아니었다. 난영은 수척해진 백서현의 얼굴을 보며 또다시 죄책감을 느꼈다. 백서현은 아무 말도 하지 않았지만, 눈빛에는 난영에 대한 원망이 가득해 보였다.

"미안합니다. 승소까지 내 책임이라 그리고 말해

지우고 싶은 기억

놓고…. 면목 없십니더."

"아뇨. 어차피 처음부터 승산 있는 재판이라고 생각해 본 적 없어요. 제가 여기 온 건… 묻고 싶었어요. 꼭 그런 방법을 사용해야만 하셨나요?"

"그런 방법이예? 그기 무슨 말입니꺼?"

"전 그 사람한테 면죄부를 주고 싶지 않았어요. 아버지를… 이해하게 해 달라고 부탁한 적 없다고요."

동화는 없었다. 백서현은 친부의 본심을 알게 됐다고 한들 눈물로 용서하고 화해하는 길을 택하지 않았다. 오히려 난영에게 따져 묻고 있었다. 재판에서 이기지도 못했으면서 더 이상 아버지를 원망조차 할 수 없도록 만드는 게 옳은 일이냐고, 전 국민 앞에서 공개적으로 아버지에게도 사정이 있었다는 걸 보여 줘야 했느냐고.

난영은 멍하니 백서현을 바라봤다. 분노와 원망이 가득한 백서현의 얼굴에 모래의 얼굴이 겹쳐 보였다. '내가 언제 엄마를 이해하고 싶댔어?' '사정 없는 사람이 어디 있는데?' '그런다고 당신의 잘못이 지워진다고 생각해?' 낯선 목소리가 마치 진짜처럼 생생하게 들리는 것 같았다.

"그기에 대해서는… 쪼매도 미안하지 않습니더."

"뭐라고요?!"

백서현은 어이없다는 듯 되물었고, 난영은 냉정한 목소리로 대답했다.

"지는 변호삽니더. 백서현 씨는 와 저한테 이 재판을 의뢰한 깁니꺼? 첨엔 국민 건강에 악영향을 끼친다 카더니, 나중엔 부도덕한 수술이라꼬 그랬지예? 그짝 아버지가 기억을 지우고 편히 죽는 꼴을 못 보겠다 카지 않았십니꺼? 그래서 가처분 결정을 받아가 수술을 몬 하게끔 막아 달라 칸 거 아입니꺼?"

모두 사실이었다. 백서현은 아무 대답도 하지 못하고 못마땅한 얼굴로 난영을 바라봤다. 난영은 망설임 없이 말을 이었다. 자신은 변호사로서 가처분 결정을 받을 수 있는 전략적으로 가장 좋은 방안을 찾았던 것뿐이라고.

"내도 아 딸린 부모라 그런지 고마 최종 변론할 때는 울컥하기도 했십니더. 그런데 백재민 씨한테 면죄부를 줄라꼬 그런 주장을 한 거는 참말로 아입니더. 내가 보기에는 그저 백재민 씨도 피해자가 맞으니까, 법정에서는 그 부분을 명확하게 짚고 넘어갈 필요가 있었던 깁니더."
"피해자요?"
"국지적 기억 소거 수술의 부작용을 경험한 피해자 말입니더."

백서현은 씩씩대며 난영을 노려봤지만 논리적으로 난영의 말이 틀린 게 아니라는 것은 알고 있었다.

"그렇게 잘난 변호사면서 결국 재판도…"

지우고 싶은 기억

"그 점은 이미 미안하다꼬 말하지 않았십니꺼? 백서현 씨는 제 의뢰인이니 재판에서 패소하게 만든 기는 참말로 미안합니다. 하지만 내 이번 재판은 패소했지만, 언젠가는 이 재판이 밑거름이 되가 역사를 다시 쓰는 승소 판결로 돌아올 수도 있다꼬 믿십니더. 분명히 말해 두지만 내는 백재민 씨를 증인으로 신청하면서까지 끝까정 최선을 다한 거, 그것만은 전혀 후회하지 않십니더."

"그래요, 아주 대단하시네요!"

그때였다. 버럭 화를 내고 나가려는 백서현의 뒤통수에 대고 난영이 소리쳤다.

"잠깐만에! 지가 한마디만 더 해도 되겠십니꺼?"

순간 백서현이 멈칫하더니 신경질적인 얼굴로 난영을 돌아봤다. 난영은 백서현의 성난 얼굴을 마주하며 머뭇거렸다. 그러나 이내 결심한 듯 차분하게 말을 이었다.

"지금도 지는 서현 씨한테 아버지를 용서하라꼬 말하고 싶지 않십니더. 서현 씨도 잘 알겠지만, 유년 시절에 상처를 받은 모든 사람이 자식을 학대하는 부모가 되는 건 아입니더. 지는 백재민 씨가 지금 와가 눈물을 흘리며 참회한다꼬 그 잘못이 씻겨져 나간다꼬 생각하지도 않십니더."

"그래서요? 그래서 대체 무슨 말이 하고 싶은 건데요?"

"그이까 내 말은…. 이건 백재민 씨 개인의 의지가 부족해가 생긴 비극만은 아이라는 깁니다. 어릴 때 부모가 참 커 보이지예? 그란데예, 사실 부모는 거인이 아닙니다. 당신이 미칠 맹키로 이해받고 싶었던 것처럼 부모도 마찬가지였을 겁니다. 부모도 그저 초라한 한 명의 인간일 뿐이거든예…. 내가 보기에 그건 부인할 수 없는 사실입니다."

백서현은 눈물이 그렁그렁해진 눈으로 난영을 노려봤다. 그리고 아무 대답 없이 쾅 문을 닫고 나갔다.

백서현이 나간 뒤, 난영은 바로 자각했다. 방금 백서현에게 한 말은 비겁했다고.

사실 처음에 백서현 부녀의 사연을 알게 됐을 때, 난영은 백서현의 마음에 공감했었다. 오랜 시간 엄마를 원망해 왔고, 지금도 어쩔 수 없이 엄마를 내치지 못하고 사는 처지였기에 서현의 분노와 미움을 충분히 이해할 수 있었다. 그러나 오랜 시간 재판을 준비하며 난영의 마음은 어느새 많이 달라져 있었다.

오늘 난영은 변호사로서만 실패한 것이 아니었다. 재판에 패소함으로써 양육권을 되찾아 제대로 된 엄마 노릇을 할 기회도 잃어버린 것이나 마찬가지였다. 난영은 누구보다 처참한 심정이었다. 그래서 지금 자신이 모래에게 하고 싶었던 말을 백서현에게 대신해 버렸을지도 모른다. 그건 솔직한 심정이었지만, 비겁하고 무책임한 말이었다.

지우고 싶은 기억

*

재판 이후 보름이 지났다. 재판에서 패소했는데도 의외로 재하는 여느 때보다 기분이 좋아 보였다. 요즘 언론은 연일 난영에 대한 보도를 내보내고 있었다. 그러나 주된 논조는 예전과 전혀 딴판이었다. 난영의 개인사에 대한 가십성 보도도 아니었고 사이비 인간 변호사에 대한 혐오를 조장하는 마녀사냥도 아니었다.

"이난영 변호사는 결국 인간의 한계를 뛰어넘지 못하고 패소했습니다. 그러나 신 의료 정의 연대 백서현 간사의 친부 백재민 씨는 수술을 포기하기로 했고, 국지적 기억 소거 수술 대기자 수만 명이 취소 신청을 했다는 소식이 이어지고 있습니다. 채권자 측을 대리했던 이난영 인간 변호사에게는 사건을 의뢰하고 싶다는 의뢰인들과 수많은 후원자들의 발길이 몰려들고 있으며…"

뉴스를 보는 재하는 새어 나오는 웃음을 주체할 수 없었다. 비록 재판은 승소하지 못했지만, 대중이 난영에게 호의적이라는 건 불행 중 다행이었다.

얼마 전까지도 재하는 로펌의 파트너들을 일일이 찾아다녔다. '샛길을 찾는 변호사'라는 세간의 평가를 전하며 난영에게 한 번 더 기회를 주자고 설득했다. 그들은 재하가 왜 이렇게까지 적극적인지 의아해했다. 재하는 그저 이난영 변호사를 데려오는 것이 로펌의 미래를 위한 최선의 선택이기 때문이라고 답했다.

마침내 파트너들은 난영에게 처음 약속했던 정규직 자리는 어렵지만, 계약직으로 일할 기회를 주자는 데에 합의했다. 물론 난영은 거절하지 않았다.

"하느님 감사합니더… 참말로 감사합니더…."

재하의 제안을 들은 난영은 그 자리에 주저앉아 흐느꼈다. 난영의 사정을 알고 있는 재하는 진심으로 기뻐하는 난영의 모습에 미약한 죄책감마저 느낄 지경이었다. 어느새 재하도 난영을 이용해야겠다는 마음보다 응원해 주고 싶은 마음이 커진 것 같았다.

난영은 다시 얻게 된 천금 같은 기회에 진심으로 감사했다. 재하는 내키지 않으면 거절해도 좋다고 했지만, 난영은 적극적으로 방송 출연까지 감행했다. 사람들은 무례한 질문을 퍼부었지만, 난영은 원래 아줌마들 뻔뻔한 거 몰랐냐며 씩씩하고 거침없는 태도로 관심 어린 시선들을 상대해 나갔다.

"맞십니더. 지는 촌빨 풀풀 날리는 인간 변호사입니더. 그란데 그게 와예? 그게 무슨 문젭니꺼? 설마 선생님도 아직 인간 변호사가 못 미더우십니꺼?"
"하하하- 아직은 아무래도 인간 변호사를 믿지 못하는 분들이 많으니까요."

지우고 싶은 기억

"글쎄예? 저라믄 AI가 내린 최선의 판단보다는 인간이 하는 의외의 선택을 믿어 볼 것 같은데예. 선생님은 아입니꺼?"

방송에 나온 난영은 당당하게 MC에게 물었다. 의외성과 창의성, 때로는 오류를 포함한 인간의 선택을 믿어 보겠냐고.

재하는 흥미로운 얼굴로 MC의 대답을 기다렸다. 그러나 기대와 다르게 MC는 난색을 표했다. 만약 자신의 인생이 걸린 재판이라면, 본인은 인간 변호사를 믿기 어려울 것 같다는 것이었다. 재하는 씁쓸했지만 그것이 아직은 보편적인 대중의 인식이라는 것을 인정할 수밖에 없었다.

"하하하- 솔직하시네예. 네, 지도 이해합니다. 그란다 캐도, 뭐 어떤 용기 있는 의뢰인은 지를 찾아올 거라고 믿십니다. 인간 변호사 이난영이는 특별한 결정, 다른 결정, 이상한 결정을 할기고, 그거는 궁극적으로다가 전부 의뢰인의 이익으로 돌아갈 기니까예."

난영은 꿋꿋하게 자신의 신념을 전파했다.

재하는 난영의 그 씩씩한 모습을 보며, 저것만은 일견 존경할 만한 태도라고 생각했다.

난영의 재판을 계기로 한동안 여론은 양편으로

갈라져 뜨겁게 타올랐다. 'AI VS 인간'의 프레임이 씌워졌다. 각종 보수 단체와 종교 단체는 난영에 대한 지지 성명을 발표했다. 물론 여전히 다수의 시민과 지식인들은 난영에게 비판적이었다. 그들에게 난영은 일부 몰지각한 대중들의 기술 혐오를 이용하는 약아 빠진 선동꾼이었다.

그러나 난영은 사람들이 뭐라고 떠들든 개의치 않았다. 난영에게 중요한 건 오로지 딸 모래뿐이었다. 이대로 1년간 안단테에서 높은 성과를 낸다면, 곧 정규직이 되어 거액의 연봉을 받을 날도 머지않았다. 그럼 자신은 변호사로서 얻은 명성과 수입을 근거로 양육권을 다투는 재판에서도 승소할 수 있을 것이었다.

난영에게 이것은 마지막 기회였다. 1년 6개월 뒤면, 모래는 부모의 동의 없이 클라우드에 의식을 업로드할 수 있게 된다. 그날이 오기 전까지 난영은 반드시 모래의 마음을 돌리고, 승기에게서 딸을 되찾아 오겠다고 다짐했다.

"내가 뭐라 그랬어? 엄마는 질 거라고 그랬지?"

프레임 너머 딸의 볼멘 목소리를 들으며 난영은 묻지도 않은 대답을 했다.

"니가 뭐라 캐도 내는 절대 니 포기 안 한다. 아니, 몬 한다."

지우고 싶은 기억

난영은 촌스러운 생각일지 몰라도 인간은 인간이기에 할 수 있는 일이 있고, 인간이기에 가치 있는 부분도 분명 있다고 얘기했다. 엄마로서의 간절함을 담은 설득이었지만, 모래의 귀에는 그저 고리타분한 잔소리로 들리는 것 같았다.

"맨날 뭐든 엄마 맘대로야. 고집 좀 그만 부려. 엄마가 인간의 몸을 갖고 변호사로 일하고 싶은 것처럼, 나도 인간의 몸을 버리고 점프를 하고 싶은 거라고."

모래는 엄마가 자신을 전혀 이해하지 못한다고, 점프에 대해 하나도 알지 못하면서 무작정 반대만 한다고 주장했다. 그러나 그동안 난영도 나름대로 공부를 하긴 했었다. 난영은 모래가 하루에도 몇 시간씩 점프 테스트를 해 본다는 것도 알고 있었다. 그 거지 같은 클라우드에서 딸이 추억을 쌓아 가고 있다는 것도 알게 되었다. 몸이 성치 않아 친구조차 사귈 수 없었던 딸은 가상공간에서 첫사랑을 경험하고 있었다.

"엄마가 모르긴 뭘 모르노? 니 거가 남자 친구 있는 것도 다 안다. 이름이 제레미였나? 맞재? 엄마가 네 나이 때 좋아했던 보이 밴드랑 똑같이 생겼드만. 누가 내 새끼 아니랄까 봐 보는 눈도 닮아가꼬."

얼굴이 붉어진 모래는 점프 운영사에서 보내 주는 리포트에 그런 것도 나와 있냐며 투덜댔다. 프라이버시는 지켜 줘야 하는 거 아니냐며 구시렁댔지만, 남자 친구의 존재를 부정하지 않았다. 부끄러워하는 딸을 보며 난영은 씁쓸하게 미소 지었다.

　"엄마가 방법을 찾아볼 테이까 쪼매만 기달리라. 내 변호사로 성공만 하믄…"

　그러자 모래는 정말이지 질린다는 얼굴로 난영의 말을 끊었다.

　"엄마가 변호사를 하겠다는 거, 그것도 다 할아버지 때문 아니야?"

　모래는 일부러 엄마의 당황한 얼굴은 무시하며 거칠게 말했다. 난영이 변호사를 하겠다고 고집을 부리는 건 승기에 대한 적대감 혹은 반항심 때문 아니냐고. 사춘기인 자신보다 더 감정적으로 구는 난영을 이해할 수 없었다는 것이었다.

　"엄마가 할아버지를 싫어하는 건 이해해. 할아버지가 틀렸다는 걸 보여 주고 싶겠지. 하지만 그렇다고 변호사로 성공하겠다는 건 좀 억지야. 난 그런 것 같아."

　순간 말문을 잃은 난영이 멍하니 프레임 너머 모래를 바라봤다. 엄마를 똑 닮은 딸은 영리했고 그만큼 거침이 없었다.

지우고 싶은 기억

"그런 거 아이다. 엄만 기냥… 한 번쯤은 엄마가 믿는 대로 살아 보려는 기다."

모래는 여전히 불신이 가득한 눈으로 난영을 바라보고 있었다. 난영은 뭐라 더 얘기하려다 그냥 입을 다물었다. 딸을 설득할 만한 효과적인 방법이 떠오르지 않았다.

"니는 엄마가 참말로 인간 변호사로 성공하믄, 그라믄 우짤 기가?"
"흥, 그럴 리 없거든?"
"그래도 만약에, 만약에 말이다…. 엄마가 훌륭한 인간 변호사가 되믄, 그카믄 니도 인간 몸을 포기하지 않을 기가?"

모래는 아무 대답도 하지 않았다. 그러나 침묵 속에서 난영은 깨달을 수 있었다. 자신이 반드시 뛰어난 인간 변호사가 되어야만 하는 이유가 여기 있다는 것을.

술 한 잔 기울이고 싶은 저녁이었다. 그러나 난영은 중독 치료를 받는 처지였기에 다시 술을 입에 댈 수는 없었다. 난영의 상담을 맡았던 AI 의사는 술이 생각날 땐 그런 마음에 대해 툭 터놓고 누군가와 얘기해 보라고 했었다. 난영도 그러고 싶었다. 누군가에게 지금의 먹먹한 심정을 속 시원히 털어놓고 싶었다. 그러나 막상 이럴 때 찾아갈 만한 사람은 떠오르지 않았다.

난영은 낙원동 법률 사무소를 찾아갔다. '이난영 인간 변호사 법률 사무소' 앞에는 각종 지지 단체에서 보낸 화환과 난영을 저주하는 캘리그래피 낙서가 공존하고 있었다. 그리고 그 씁쓸한 풍경 가운데에는 여전히 C5가 있었다. 그는 마치 늘 그 자리에 있는 한 그루 나무처럼 든든하게 난영을 기다리고 있었다. 오랜만에 반가운 얼굴을 마주하니 재채기 대신 미소가 새어 나왔다.

난영은 생각했다. 만약 안단테에서 계약직 제안을 받지 못했다면 C5와도 다시 만날 일이 없었을 거라고. 그렇게 생각을 하니 한편으론 다행이라는 생각이 들었다. 난영 스스로도 안도하고 있는 자신이 낯설게 느껴졌다.

"기냥 잠이 안 와가 나와 봤다. 앞으로 우째 일할지도 생각해 봐야 허고… 또…"

불필요한 변명을 늘어놓던 난영은 또다시 어색함을 자각하고 말을 멈췄다. 굳이 C5에게 체면을 차리고 거짓말까지 할 이유가 뭐란 말인가? 난영이 어떤 이야기를 하든, 그것이 업무 얘기가 아니라 한들 C5가 난영을 판단하거나 나무랄 일은 없었다. 난영은 이번에는 그냥 솔직한 마음을 털어놓기로 했다.

"모래랑 통화했는데 마음이 좀 무거워가…"

지우고 싶은 기억

계약직 변호사 신분으로는 양육권 소송에서 이길 수 없었다. 난영은 지금 자신이 느끼는 분노와 두려움에 대해 얘기했다.

묵묵히 들어 주던 C5는 난영이 말을 멈출 때마다, 한숨이 길어질 때마다 적절한 조언과 위로를 건네줬다. 난영은 그 누구도 아닌 안드로이드에게 깊은 위로를 받는 이 상황이 너무 아이러니하다고 생각했다.

만약 모래가 병든 육체를 버리고 온전히 클라우드에 의식을 업로드한다면, 그러면 다른 사람들에게 모래는 더 이상 인간으로 받아들여지지 않을게 뻔했다. 난영은 자신이 안드로이드를 혐오하고 C5를 무시했던 것처럼 모래도 남들에게 그런 취급을 받을 거라고 생각하면 견딜 수 없었다.

"내도 인간 변호사로서 성공할 테니까 니도 인간 몸을 포기하믄 안 된다고, 그래 말했다. 내가 암만 생각을 해 봐도, 점프는 안 되겠다. 세상천지 어떤 엄마가 자식을 포기하겠노? 안 그렇나?"

"모래는 엄마가 자기를 포기한다고 생각하지 않을 거예요. 오히려 이해해 준다고 생각하겠죠."

"니도 그리 생각하나? 내 욕심에 아를 잡아 두는 기라고?"

"그건 욕심이 아니라고 생각해요. 그건… 사랑이죠."

C5는 해결책을 제시해 주지 않았지만 그렇다고 난영을 비난하지도 않았다. 그저 난영과 모래의 입

장을 모두 이해해 줬을 뿐이었다. C5가 난영이 느끼는 죄책감을 사랑이라고 말해 주자 난영은 울컥한 마음을 숨기기 위해 등을 돌릴 수밖에 없었다.

난영은 책장 안쪽에 숨겨둔 위스키 병을 꺼내 들고 망설였다.

"내는 이래 쪼매 힘들다꼬 고새 마음이 흔들리는데… 그 어린 아한테 기냥 버티라꼬 하는 건 너무한 기재? 그재?"

난영은 혼란스러운 마음을 고백했다. 극심한 고통을 느끼는 아이가 몸을 포기하고 싶어 하는 건 이해하지만, 그렇다고 점프는 딸이 인간이기를 포기하는 것 같아 선뜻 동의할 수 없다는 것이었다. 누구나 그렇듯이 난영은 C5와 얘기하며 자신도 몰랐던 진심을 알게 되는 것 같았다.

지난 재판에서도 마찬가지였다. 난영은 인간 변호사였기에 불리하기도 했지만, 한편으로는 인간이었기에 사건 해결의 실마리를 잡을 수 있었다.

"내가 백재민의 진심을 알 수 있었던 거, 그것도 다 내가 인간이었기 때문 아이겠나? 내가 누군가의 딸이자 엄마로서 행복과 불행을 충분히 느껴 봤으니까…. 그래가 백재민의 마음도 짐작할 수 있었던 기다. 그건 C5 니가 가진 데이터나 알고리즘, 확률 통계하고는 다른 오직 인간만의 특성이다."

지우고 싶은 기억

난영은 C5를 바라봤고, C5는 난영의 말을 이해한다는 듯 그 어떤 부정도 하지 않았다. 그러나 난영은 저도 모르게 C5의 눈을 슬쩍 피하고 말았다.

"그이까 난… 내 자식이 나처럼 인간의 몸으로 양가적인 감정을 느끼고, 인간이기에 가능한 이 모든 걸 누리고 살았으믄 좋겠다고. 아무리 생각해도 이거는 촌스러운 것도 이기적인 것도 아인 것 같다…. 기냥 이기 내 진심이다. 이런 맘이 잘못된 기가?"

난영의 질문을 들은 C5는 바로 대답하지 않았다. 그는 난영의 눈을 바라보며 마치 대답할 말을 고르는 것처럼 보였다.

물론 난영은 혼란스러운 마음에 대한 동의를 받고 싶었다. 그러나 C5는 마냥 난영이 듣고 싶은 말만 해 주지 않았다.

"모래가 점프를 하겠다는 건 지극히 합리적인 선택이라고 생각해요. 어쩌면 진화의 다른 이름일 수도 있고요."

난영은 기분이 상한 눈치였다. 손쉬운 긍정을 원했기 때문이다. 그러나 C5는 난영을 타이르듯 부드러운 목소리로 말을 이었다.

"만약 제가 지금 여기서 변호사님을 품에 안으면 어떨까요? 부드러운 변호사님 피부의 촉감, 좋은 샴푸 냄새를 감각 데이터로 전송받겠죠. 근데요, 그게 인간의 생체 신호와는 얼마나 다른 걸까요?"

난영은 C5의 뜻밖의 말에 순간 멈칫했다. 난영의 눈에 비친 C5는 마치 정말 사람처럼 자신의 생각을 얘기하는 듯 보였다. 말문이 막힌 난영은 가만히 C5의 밀크커피색 눈동자를 바라보다, 죽은 남편을 떠올렸다. 오래전, 젊은 난영을 사랑에 빠지게 만들었던 그 눈빛이었다. 난영은 당혹스러웠다. 난영과 C5 사이에 흐르는 적막이 너무 묘하게 느껴졌기 때문이다.

그때 난영의 프레임에 알람이 울리며, 어색한 침묵이 깨졌다. 사무실에 방문자가 찾아왔다는 알람이었다.

"이 시간에 우째 여까정 오신 깁니꺼?"
"C5의 정보를 보고 아직 사무실에 계신 걸 알았습니다."

난영은 그게 무슨 말이냐는 듯 재하를 바라봤다. 재하는 잠시 망설이더니 난영에게 말했다. C5의 데이터는 안단테에서 관리하므로 사적인 대화를 나누는 건 추천하지 않는다고. 난영은 깜짝 놀란 얼굴로 재하에게 물었다.

"대화를 모니터하고 있단 깁니꺼?"
"꼼꼼히 검토를 안 하셨나 본데, 처음 작성하셨던 계약서에 나와 있는 사실입니다. 그렇다고 뭐 도청

지우고 싶은 기억

이나 감시라고 생각하실 건 없습니다. 그런 목적이었다면 이렇게 얘기해 드리지도 않았을 테니까요."

계약서에 명시된 부분이라니, 난영은 항의할 수조차 없었다. 그저 당혹감이 섞인 눈으로 힐끗 C5를 쳐다봤을 뿐이었다. 재하는 난영의 당혹스러운 표정은 전혀 개의치 않고 말을 이었다.

"이번이 담당할 재판이 정해졌습니다. 내일 아침에 얘기해도 좋지만, 여기 이렇게 다 모인 김에 얘기하겠습니다. 다음 재판은 IMRC 사건입니다."

"IMRC라믄 글로벌 해양 철도 공사 아입니꺼?"

"맞습니다. 태평양을 가로지르는 수면 부상 열차인 '태평양 스마트'를 운영하고 있는 IMRC가 다음 의뢰인입니다."

재하는 IMRC가 고블린 상어의 해양 이동권을 보장하라는 환경 단체의 소송으로 인해 열차 운영에 차질을 빚게 됐으니, 난영이 안단테의 다른 AI 변호사들과 함께 IMRC를 대리해 달라고 말했다.

난영은 그제야 눈이 번쩍 뜨이는 기분이었다. 그렇다. 난영에게는 이렇게 사치스러운 우울에 잠겨 있을 시간 따위 없었다. 정규직 전환이 되어야만 승기에게서 양육권을 되찾아 올 수 있었다. 모래가 보호자의 동의 없이 점프를 할 수 있게 되기 전까지, 어떻게든 딸과 함께하는 시간을 얻어 내 모래의 마음을 돌려야만 했다.

재하는 난영의 프레임으로 IMRC 사건 파일을 건네주며 난영이 계약직 변호사가 된 후 처음으로 맡는 사건인 만큼 아주 중요한 재판이 될 거라고 얘기했다. 난영 역시 하루라도 빨리 안단테에서 자리를 잡기 위해선 재판 하나하나가 소중하다는 사실을 알고 있었다. 재하가 건네준 파일을 확인한 난영이 C5에게 말했다.

　"씨오, 이번 사건도 고마 쌔리 뿌사 보자이!"

　난영은 씩씩하게 C5에게 관련 판례를 검토해 달라고 부탁했다. 일단 눈앞에 닥친 일부터 차근차근 해결해 보자는 마음이었다. 난영은 자신의 인생도 딸의 미래도 포기하지 않겠다고 다짐했다. 반드시 인간 변호사로 성공해서 딸에게 인간의 가치를 증명하는 본보기가 되고 싶었다.

　물론 난영도 완벽히 자신 있는 건 아니었다. 이 연약한 결심이 언제 달라질지 회의적이기도 했다. 그러나 현재로서는 이것이 난영의 최선이었다.

　그때 난영과 C5의 시선이 다시 마주쳤다. C5는 불안한 난영의 속마음을 꿰뚫어 보기라도 한 듯 다정한 미소를 지어 주었다. 난영은 마치 그가 자신을 응원하고 있는 것 같다는 착각이 들었다.

　물론 난영 역시 알고 있었다. 이 안드로이드가 보여 주는 모든 비언어적 표현들과 감정은 알고리즘

지우고 싶은 기억

에 의한 결괏값일 뿐이라는 걸. 그간 난영은 마치 반려동물을 대하듯, 안드로이드와 감정을 교류하는 사람들을 비웃어 왔다. 그리고 자신은 안드로이드에게 함부로 마음을 주지 않는 이성적인 인간이라고 자평했다.

그러나 난영이 모르는 것도 있었다. 그것은 바로 C5에게는 감정은 없어도 기계적인 목적과 욕망은 있다는 것이었다. 그리고 난영은 꿈에도 생각 못 하는 C5의 목적을 재하는 분명하게 알고 있었다.

재하는 난영이 안단테의 미래를 위한 귀한 인재가 될 것이라고 확신했다. 물론 난영이 정말 인간 변호사로 성공할 수 있을지는 미지수였다. 그러나 그녀가 법률 보조 AI의 훌륭한 페이스메이커가 될 것은 분명했다.

안드로이드 변호사는 기존의 판례를 검토하는 일에서만은 인간 변호사의 상대가 되지 않을 정도로 월등한 실력을 자랑했다. 그러나 선례가 없는 사건, 그동안 패소만 반복해 온 사건에 대해 새로운 판례를 만들어 내는 것 역시 법이 작동하는 방식 중 하나였다. 기술이 발전함에 따라 세상에는 듣도 보도 못한 새로운 갈등이 속속들이 생겨나고 있었다. 그 갈등은 새로운 법리적 해석을 요구할 것이며, 재하는 난영이 앞으로 그 새로운 갈등을 전면에서 다룰 수 있게끔 전폭적인 지지를 해 줄 작정이었다.

재하는 생각했다. 세상은 나날이 다르게 바뀌고 진보해 가고 있다고. 그 말은 우리 법이 말하는 '사회 통념', '선량한 풍속', '사회 상규', '일반인의 상식' 모두 하루가 다르게 변하고 있다는 뜻이었다. 난영은 바로 그 '변화'를 적극적으로 제시하며, 국민 배심원을 설득하고, 그 과정에서 C5와 교류하며 성장의 한계에 부딪힌 안단테의 안드로이드 변호사들까지 학습시키게 될 것이었다. 어쩌면 본인도 모르는 사이에.

재하가 보기에 이 촌스러운 아줌마 변호사는 본인은 상상도 못 할 큰일을 해낼 재목이었다. 다양한 인간들이 복작대며 살아가는 이 사회에서 무엇이 정의인지 알아볼 밝은 눈을 갖고 있었고, 어떤 방식으로 가치를 주장할 때 가장 울림이 큰지 본능적으로 알아채는 감각도 뛰어났다. 무엇보다 난영은 진심으로 '인간 변호사'가 되길 꿈꾸고 있었다. 주입된 알고리즘이 아닌 진짜 욕망을 가진 이 여자가 투박한 사투리로 내뱉는 그 모든 말은, 딱딱한 법률 언어이기 이전에 한 명의 인간이 호소하는 진심으로 느껴졌다.

재하는 난영과 C5를 번갈아 바라보더니 흡족한 얼굴로 난영에게 물었다.

"그런데 이변, 이제 재채기를 안 하네요? 알레르기는 다 나은 겁니까?"

지우고 싶은 기억

"그런 것 같십니더. 뭐, 적응이 됐나 보지예."

난영은 심드렁하게 대답하며 C5에게 IMRC에게 소송을 건 환경 단체의 조직도를 확인해 달라고 지시했다.

재하는 손발이 척척 맞는 둘의 모습을 바라보며, 그제야 다른 사람들의 호들갑을 이해할 수 있었다. 인간 변호사와 안드로이드 사무장의 공조가 기대된다는 언론의 반응은 과장이 아니었다. 재하가 슬며시 미소 지었다. 그 역시 궁금한 마음이 들었던 것이다. 앞으로 이들이 바꿔 갈 새로운 미래가.

작가의 말

꽤 오래전, 저는 IT 기기에 내장된 AI의 대사를 쓰는 작가였습니다. ChatGPT가 등장하기 한참 전, 그 시절 햇병아리 AI는 전문 작가들이 써 준 대로 유저와 대화했는데요. AI의 캐릭터를 설정하고, 유저에게 해도 되는 말과 안 되는 말, 던져볼 수 있는 유머 등을 구상하며, 제가 마치 〈Her〉나 〈엑스마키나〉 같은 영화 속 주인공이 된 것 같다고 생각했습니다. 그 당시 AI 개발과 관련한 여러 과정을 함께하며 떠올렸던 상상, 거기에 존 그리샴이나 아론 소킨, 숀다 라임스를 좋아했던 제 취향이 합쳐서 이 작품《미래 변호사 이난영》을 쓰게 된 것 같습니다.

그동안 저는 주로 극본 형식의 글을 써 왔고, 이 이야기도 처음에는 시리즈물로 준비하고 있었습니다. 그러다 2022년 가을 부산국제영화제 비즈니스 미팅 자리에서 신지민 PD님을 만나 뵙게 되었고, 평소 흠모하던 안전가옥과 함께 먼저 소설로 작업할 수 있게 되었습니다. 안전가옥과 개발하며 원고의 부족한 점을 다듬고, 이야기의 가능성을 넓힐 수 있었다고 생각합니다. 신지민 PD님 외 안전가옥의 모든 분들께 감사드립니다.

소설 속 법정 파트를 쓸 때는 제 무지로 오류를 범할까 걱정이 컸는데요. '법무법인 미션'의 신재윤 변호사님, '공동법률사무소 이채'의 송지은 변호사님께 자문을 구했고, 두 변호사님의 사려 깊은 조언이 큰 힘이 되었습니다. 이 자리를 빌려 감사한 마음을 전합니다.

작가의 말

그럼에도 소설의 내용이 전부 법적으로 엄정한 사실만을 다루는 것은 아닙니다. 사실 소설 속 가장 주요한 사건인 '국지적 기억 소거 수술 금지 가처분 재판'부터 현실적으로 가능하지 않은 재판입니다. 다툼이 되는 권리관계가 존재하지 않고, 채권자에게도 보호받을 만한 사법상의 권리가 존재하지 않다는 점에서 애초에 기각될 확률이 높은 신청이기 때문입니다. 다만 소설은 가상의 미래를 배경으로 하고 있기에, 이렇게 극의 진행상 꼭 필요하다고 생각되는 부분은 극적 허용으로 여기고 집필했음을 밝혀 둡니다.

예전에 할머니께 IPTV 리모컨 작동법을 알려 드리느라 진땀을 뺐던 기억이 있습니다. 그런데 세상이 바뀌는 속도가 얼마나 빠른지, 몇 년 뒤에는 다시 스마트폰과 SNS, 키오스크 작동법까지 설명해 드려야 했죠. 반복해 가르쳐 드려도 자꾸만 실수하던 할머니는 쓸쓸하게 말씀하셨습니다. "세상은 이렇게 무섭게 변해 가는데 나만 뒤처져서 어쩌노…."

비단 어르신들뿐 아니라 누구나 한 번쯤 해 본 걱정 아닐까요? 동시대를 살아가는 우리들은 AI 로봇이 지구를 멸망시킬까 걱정하지 않습니다. 그보다는 당장 미래에 내 자식의 직업이 AI로 대체되진 않을지, 무섭도록 빠르게 변해 가는 세상에서 나만 도태되는 건 아닐까 초조한 것 같습니다.

이 변덕스러운 세상에서도 '나만의 자리'가 있다고 믿는 우리는, 소설 속 이난영 변호사의 성장을 함께하며 응원할 수 있다고 생각했습니다. 그렇다고 주인공이 기술에 대한 혐오를 표출하는 모습을 마냥 긍정하려는 것은 아니었고요. AI뿐 아니라 발전할 기술의 명과 암을 다양하게 짚어 보려 했습니다. 촌스러운 인간 변호사 난영을 향한 따뜻한 시선, 응원하는 마음을 독자님들과 함께 나누고 싶었습니다.

이 소설은 SF적인 요소가 가미된 법정물이지만, 읽는 분들께 '과학'과 '법률' 파트 모두 쉽게 다가갈 수 있길 바랐습니다. "널 사랑해."라는 말에 어떻게 대답하면 좋을지, AI 윤리를 고려하며 법적으로 안전하면서도 위트 있는 대사를 쓰려고 머리를 싸매던 시절, 저는 문득 SF가 내 곁에 아주 가까이 있다는 느낌을 받았습니다. 이 소설이 독자님들께 그와 같은 순간을 만들어 준다면 너무 좋을 것 같습니다.

작가의 말

프로듀서의 말

얼마 전 손가락을 다쳤습니다. 오른쪽 중지에 작은 실금이 갔을 뿐인데도 일상이 여러모로 불편하더라고요. 특히 하루의 업무 대부분이 메일 쓰기와 회의록 정리, 각종 문서 작성인 저에겐 꽤 치명적인 부상이었어요. 별다른 생각 없이도 키보드를 치던 손가락이 자동화를 멈추자 모든 일이 느려지고, 마음은 답답하기만 했습니다. 그러다 녹음한 내용을 받아서 주는 어플이 생각났어요. 메일에 쓸 내용을 입으로 읊으면, 어플이 제법 정확하게 타이핑을 해 주었습니다. 타이핑된 내용은 활동이 자유로운 나머지 손가락으로 드래그해 붙이기만 하면 되더군요. 문명의 발전을 이렇게 써먹는구나 싶었는데 한편으론 쓸쓸한 마음도 들었습니다. 몇 년 전까지만 해도 '녹취' 아르바이트를 소일 삼아 하곤 했는데, 이렇게 내 '일' 하나가 사라졌단 걸 역설적인 혜택으로 실감했기 때문이었죠.

ChatGPT의 등장으로 한동안 세상이 떠들썩했습니다. 안전가옥에서 아이템 회의를 할 때도 ChatGPT는 종종 화젯거리가 되었습니다. 저도 기획안의 시작이 막힐 땐, 막막한 마음에 상담하듯 질문을 하곤 했고요. 작가님들 중에서도 '내 작품 얘기를 질리도록 해도 늘 처음처럼 잘 들어 주는' 작업 메이트로 ChatGPT를 언급하시는 분들이 있었어요. 이미지를 만들어 내고, 음악을 작곡하고, 순식간에 번역을 해 주는 AI의 등장에 흥미를 느끼면서도, '나는 어떻게 살아남아야 할까' 자조 섞인 질문을 던지기도 했습니다. 어떤 직업군은 쉽게 대체되고, 사라지고 있는 지금, 《미래 변호사 이난영》은 이런 현실을 바탕으로 그다지 머지않은 미래를 상상해 본 이야기입니다.

또 이 이야기는 아주 오래된, 어쩌면 '촌스러운' 주제인 가족과 모녀 관계를 다루는 작품이기도 합니다. 난영과 모래, 난영과 미라의 관계를 떠올리며 작가님과 함께 엄마와 딸에 대한 많은 이야기를 나누었습니다. 아주 어릴 적부터 최근의 경험까지 두서없는 이야기를 나누며 생각지 못한 감정들이 피어오르기도 했습니다. 모래의 따뜻한 손을 잡고 싶은 난영의 마음이 되었다가, 나를 온전히 이해해 주지 못하는 엄마에 대한 서운함을 가진 딸이 되기도 하고, 부족한 어른인 나를 이해해 주길 바라는 엄마가 되기도 하면서요. 독자 여러분들께도 마음 한구석을 건드리는 이야기가 되었으면 하는 바람입니다.

권유수 작가님과는 수다를 떨듯 호흡이 잘 맞았습니다. 희곡, 영상 작업 경험은 많으시지만 경장편 소설로는 첫 작업이셨는데도 좋은 작품을 집필해 주셔서 감사의 말씀을 드립니다. 작가님이 보여 주신 작품에 대한 강한 애정에 함께 응원 받는 느낌이 들었어요.

안전가옥 멤버들에게도 특별히 많은 도움을 받았습니다. 함께 읽고 의견 주신 스토리 PD들과 자문과 사업화 관련된 도움을 주신 멤버 분들께도 감사를 전합니다. 늘 좋은 책을 만드는 데 애써 주시는 퍼블리싱팀과 편집자님, 디자이너님께도 깊은 감사를 드립니다.

《미래 변호사 이난영》은 책장은 덮은 뒤, 그들의 다음 이야기가 기다려지는 작품이길 바랐습니다. 부디 독자 여러분들께 그 마음이 다가갔기를 바랍니다. 고맙습니다.

안전가옥 스토리 PD
신지민 드림

미래 변호사 이난영

지은이	권유수
펴낸이	김홍익
펴낸곳	안전가옥

기획	안전가옥
콘텐츠 총괄	이지향
프로듀서	신지민
	고혜원 · 김보희 · 윤성훈
	이수인 · 이은진 · 임미나
퍼블리싱	박혜신 · 임수빈
편집	한우주
디자인	금종각
서비스 디자인	김보영
비즈니스	강윤의 · 이기훈
경영지원	홍연화

출판등록	제2018-000005호
주소	(04779) 서울특별시 성동구 뚝섬로1나길 5,
	헤이그라운드 성수 시작점 201호
대표전화	(02) 461-0601
전자우편	marketing@safehouse.kr
홈페이지	safehouse.kr
ISBN	979-11-93024-50-8
초판 1쇄	2024년 1월 30일 발행

안전가옥 쇼-트 시리즈